ENFANT BRÛLÉE CHERCHE LE FEU

CORDELIA EDVARDSON

ENFANT BRÛLÉE CHERCHE LE FEU

CHRISTIAN BOURGOIS ÉDITEUR

Titre original :
Bränt barn söker sig till elden

ISBN : 978-2-267-05601-3

À
Mes Mères

Elisabeth Langgässer
Berlin

Stefi Pedersen
Stockholm

Sylvia Krown
Jérusalem

et à
Mes Enfants

Première partie

Le passé est livré à notre compassion

Lars Gyllensten

1

La petite savait naturellement depuis toujours qu'elle posait problème.

Elle n'était pas comme les autres. À sa personne un secret était lié. Un secret obscur, coupable et honteux. Le péché et la honte n'étaient pas de son fait. Non, elle y était vouée de naissance ; spécialement réservée, séparée et mise à part pour cela.

D'où sa fierté, pour ne pas dire son arrogance. Être réservée, séparée et mise à part, ça voulait dire être élue ! Mais à quelle fin ? Ce n'était certainement pas pour porter la couronne de la princesse, sa couronne d'or étincelante sertie de pierres précieuses. Les princesses étaient des créatures graciles, gentilles et blondes aux yeux bleus. Tout le contraire d'elle, qui était brune, rondouillarde, mauvaise, insolente, et qui ne vivait pas dans un jardin enchanté mais dans un sombre appartement de Berlin-Siemensstadt. Oh, cette ombre précoce !

Elle se consolait à la pensée qu'elle avait elle aussi la sienne : couronne d'épines, couronne de souffrance de celle qui est « descendue au royaume des morts ». Car telle était sa mission, sa vocation. Et comme souvent dans le cas d'une vraie vocation, celle-ci s'était manifestée très tôt. Et la petite avait répondu à l'appel. Elle avait entendu, et elle avait obéi. La puissance et la gloire s'étaient adressées à elle.

Du temps où elle était encore un nourrisson sans défense, avec ces yeux sombres, pensifs et tristes qu'elle tenait de son père juif, sa mère aimait à poser sa tête contre sa minuscule poitrine couverte d'un petit gilet afin d'y trouver un réconfort.

Strickbrüstchen, « petite poitrine tricotée », tel était le nom de ce rituel. La mère, si esseulée, tourmentée, malmenée et violentée par ses visions, lisait à sa fille un poème, une chansonnette où il était question du monde noir du dehors que balaient des vents glacés, de l'oisillon blotti sous l'aile de sa maman et de l'enfant en sécurité entre les bras de sa mère. Et elle, la mère, était en sécurité contre la poitrine de l'enfant, car l'enfant innocente, exempte de péché, est pour sa mère un recours et un havre, elle est sa rédemption et son agneau du sacrifice. Qui buvait au sein de qui ? Qui avait envoyé Proserpine cueillir ces fleurs qui puisaient leur sève dans le terreau du royaume des morts ? Le premier roman de la mère s'intitulait justement *Proserpine*. Sa fille ne le lut jamais, ce n'était pas nécessaire. Le message avait été transmis et reçu depuis longtemps.

Les mythes nourrissaient la mère. Et par le cordon ombilical jamais coupé, ils nourrirent aussi la fille. Proserpine et l'enfant Jésus. La petite figurine de cire, le bébé potelé de la crèche devenu Seigneur et Sauveur, ce mythe vertigineux où la faiblesse et l'impuissance triomphent du mal, de la trahison, de la honte et du péché – était-ce cela que la mère entendait recréer et voir confirmé à travers sa fille ?

2

Oh, avoir sa place parmi les autres !

Tel était son rêve, dès l'époque de Berlin-Siemensstadt, dans la sombre entrée tout en longueur de l'appartement, cette prison où elle attendait en sécurité entre sa mère, sa grand-mère et son oncle. Qu'attendait-elle donc ? *Ce à quoi tu ne peux échapper*, aurait dit la cartomancienne. Celui qui viendrait et l'emporterait *là où tu ne veux pas aller*. En attendant, elle est assise dans la pénombre du hall d'entrée à tourner la manivelle d'une petite boîte à musique. La musique s'arrête, la fillette tourne plus fort, s'énerve, insiste. Soudain : bruit funeste. Paniquée, elle comprend qu'elle a cassé le jouet. C'est sa faute. Sans doute fait-elle pipi dans sa culotte, c'est ce qui arrive en général. Sa grand-mère déboule, furieuse. « Vilaine fille ! Ce cadeau était destiné à un autre enfant et voilà ce que tu en as fait ! » Le savait-elle ? Est-ce pour cela qu'elle l'a cassé ? Pourtant ce n'était pas son intention, elle ne l'a pas fait exprès. Ou bien ?

Cette scène devient son premier souvenir conscient.

La mère et la grand-mère sont engagées dans un bras de fer quotidien sur la bonne façon d'éduquer la fillette et de s'occuper d'elle. Son oncle se garde bien d'intervenir, ayant compris depuis l'enfance que ça valait mieux pour lui. Il a perdu son père de bonne heure et s'est adapté sans protester à ce monde de femmes formé par sa mère, sa sœur et les *Haustöchter* successives qui défilent à la maison.

Les *Haustöchter* étaient ces jeunes filles qui semblaient avoir été inventées tout exprès pour dépanner les bonnes familles dans le besoin. Moyennant un peu d'argent de poche, elles aidaient la maîtresse de maison tout en apprenant, du moins en théorie, la bonne tenue d'un foyer distingué. Comment leur famille de bric et de broc pouvait passer pour distinguée, c'était un mystère. Certes, le grand-père avait été *Baurat*, ou conseiller à l'urbanisme, mais ce statut-là n'était sans doute pas rare à l'époque, et d'ailleurs il était mort depuis longtemps. Non sans avoir auparavant rempli sa mission essentielle dans l'existence : rendre son honneur (et sa virginité ?) à la grand-mère. Celle-ci était en effet tombée enceinte du temps où elle n'était encore qu'une jeune fille issue de la grande bourgeoisie catholique. Le jeune futur père souhaitait l'épouser, mais d'après la chronique familiale il ne fut pas jugé être d'un assez bon milieu, si bien qu'elle dut accoucher en secret de son premier-né et le faire adopter. Après cette mésaventure, le *Herr Baurat* était donc probablement arrivé tel un don du ciel, beaucoup mieux que tout ce qu'on aurait pu espérer vu les circonstances. Faute de choix, on allait donc fermer les yeux sur le fait qu'il était juif. Il se convertit avant les noces bien sûr et, avant son départ précoce de ce monde, donna à la grand-mère, en plus d'une place retrouvée au sein de la respectabilité bourgeoise, un garçon et une fille.

La joie fut hélas de courte durée car cette fille, marchant sur les traces de sa mère, tomba enceinte – alors qu'elle était une enseignante et célibataire de vingt-neuf ans – d'un homme qui était, pour couronner le tout, marié et père de trois enfants. Aucune des femmes de cette famille ne semble avoir eu le don de l'insouciance et de la légèreté.

L'enfant, une fille, ne fut cette fois ni adoptée, ni avortée, alors que les moyens en existaient bien entendu. La mère et la grand-mère résolurent de braver le monde des hommes. Elles savaient que ce serait plus facile à faire à la capitale, Berlin, que dans la petite ville de Rhénanie où elles avaient vécu jusque-là. L'oncle, principal soutien financier de la famille, fit partie du déménagement.

Mais impossible de laisser derrière soi la honte fichée à même la chair (dans le cas de la grand-mère) ou l'Hadès où l'on a été traînée après avoir été séduite aux accents de la flûte du dieu Pan (dans le cas de la mère). Du moins tant qu'un Orphée ne fait pas son apparition. Tandis que la grand-mère affrontait, dents serrées, la bise aigre des commérages et de la bienséance flouée, la mère choisit de se consacrer aux mythes, au point d'en devenir elle-même à la fois créatrice et victime. Tant d'histoires, tant d'images... Depuis la première, celle du Dieu qui dévore ses enfants jusqu'à la dernière, celle du Crucifié.

La fillette vivait douloureusement au point d'intersection brûlant de ces deux mondes. Son âme et ses sens d'enfant se nourrissaient des visions de la mère ; mais les besoins de son corps étaient assouvis par la grand-mère, qui la gavait de nourriture, l'habillait de vilaines robes avec des chaussettes en laine rêche attachées à la camisole par des jarretières à boutons, et se chargeait aussi de laver en cachette ses culottes souillées de pipi. Quand la petite était malade, sa table de chevet croulait sous ses confiseries favorites. En rentrant le soir, la mère vitupérait contre la grand-mère, jetait les friandises à la poubelle et offrait en échange à sa fille une fleur. Une rose unique. La petite de quatre ans se languissait des bonbons et des chocolats, tout en sachant bien sûr que c'était la rose qu'elle aurait dû chérir et convoiter. Malgré ses épines. Ainsi apprit-elle à faire son profit, tant des victoires farouches de sa grand-mère sur un quotidien difficile, « mange donc encore un petit quelque chose », *Iss noch was mein Kind,* que du talent de sa mère pour donner forme au chaos. Ce dernier enseignement, celui de sa mère, fut cher payé. Plus tard cependant il la sauverait.

En attendant, elle était une enfant solitaire et aussi, bien entendu, précoce.

Son isolement était assuré par la grand-mère, qui lui interdisait de jouer avec les gamins de la rue, qui étaient selon elle « sales et méchants ». Certes, le statut social du voisinage surpassait à peine celui d'un quartier ouvrier ordinaire. Mais la véritable raison était ailleurs ; elle était que l'infirmité secrète de la petite risquait d'être révélée au contact des autres enfants. Or la grand-mère entendait protéger sa lignée, sa fille, sa petite-fille et elle-même, des quolibets venimeux qui, elle le savait d'expérience, ne manqueraient pas de déferler sur elles si jamais la disgrâce familiale devait être révélée.

La petite ne demandait jamais où était son père. Le nom et l'existence de cet homme-là n'étaient jamais mentionnés à la maison. Quand parfois elle pensait tout de même à lui, elle recherchait plutôt sa trace dans le monde des contes et des mythes où il avait été cantonné par sa mère qui, dans une lettre à une amie, comparait l'étreinte qui l'avait fécondée à la rencontre de Danaé avec Zeus sous la pluie d'or.

On ne demande pas à voir une photo de Zeus.

Alors, même si elle rêvait parfois d'une existence où elle aurait pu être comme les autres, sautiller avec eux entre le Ciel et l'Enfer des marelles ou participer à des parties de cache-cache où le fait d'être découverte aurait provoqué le rire et non la terreur, au fond d'elle-même elle préférait encore renoncer à tout cela afin de rester à son poste. Ou elle attendait, fidèle sentinelle, loyal soldat de plomb.

À aucun prix elle n'aurait voulu être privée de ces rares occasions fabuleuses où sa mère surgissait inopinément dans sa vie et la foudroyait de sa grâce. À l'intérieur du cercle magique tracé par la mère, le monde prenait enfin vie et réalité, et la fille aussi par la même occasion. Car la parole devenait chair dans les légendes que lui contait sa mère, dans les bouts rimés qu'il leur arrivait parfois d'inventer ensemble, ou encore, faveur suprême, dans les extraits de son roman en cours qu'elle acceptait parfois de lui lire, à elle qui avait quatre ou cinq ans.

Emplie, submergée, enivrée par les mots, leur texture, leur goût, leur parfum, leur couleur, la gamine s'ouvrait alors. Et la suite de sa vie confirmerait cette expérience. Qu'ils soient prononcés, lus ou écrits, les mots sont nourriture. Et il est possible d'en vivre, dans tous les sens du terme.

3

Le sol était encore gelé et il faisait un froid mordant le matin quand l'aboiement des ordres – *Los, los, raus, schneller !* – percutaient son sommeil fébrile. Gémissante, elle se redressait, cherchait du bout de l'orteil le bord du châlit inférieur, sentait la douleur transpercer sa plante de pied glacée, grattait les piqûres de punaise et de puce sous les loques que personne n'ôtait jamais – à cause du froid bien sûr, mais aussi parce que rien n'était trop déchiré ou trop répugnant pour être volé. Puis elle enfilait ses chaussures en lambeaux qui, la nuit, lui tenaient lieu d'oreiller, et cherchait à tâtons la porte de la baraque.

C'est-à-dire : elle croyait accomplir ces gestes, elle éprouvait la douleur sous son pied et les piqûres de la vermine, elle entendait hurler les ordres. Elle voyait et enregistrait ses propres mouvements, étirés comme dans un film au ralenti. Elle sentait la pesanteur inouïe de ses membres et ressentait intensément le sens de l'expression « ne pas pouvoir remuer le petit doigt ».

Mais en réalité, le plus souvent, elle restait couchée jusqu'au moment où une détenue compatissante l'obligeait à émerger pour sortir rejoindre l'appel. La panique lui sautait à la gorge à l'instant glacé où elle se réveillait tout à fait, vite, vite, elle n'allait pas réussir à sortir à temps, vite, vite, où étaient ses chaussures. La détenue qui s'était donné la peine de la secouer lui avait sans doute sauvé la vie. Mais à ce stade ce n'était pas une vie à laquelle la petite accordait beaucoup de valeur ; elle la portait simplement, de la même façon inévitable que ses hardes infâmes.

Commençait ensuite la marche vers l'usine où elles étaient conviées à participer à l'effort de guerre allemand. Elles ne restaient jamais longtemps dans un même lieu. C'était la fin de l'hiver 1945, les Alliés approchaient de tous côtés et quant à elles, on les bringuebalait à travers l'Allemagne, parfois à pied, parfois à bord de wagons de marchandises. Elle n'avait aucune idée précise de l'endroit où elles se trouvaient, tout comme elle ignorait que leur libération était imminente. Si quelqu'un le lui avait dit, elle n'y aurait pas vraiment cru, et elle n'y aurait pas attaché d'importance. Car elle nourrissait son propre rêve de délivrance. Elle l'attendait, elle la savait toute proche, les autres en avaient peut-être peur, mais elle non car elle ne voulait qu'une chose : se blottir enfin en sécurité entre Ses bras et dormir, DORMIR. Sa mère l'avait initiée à une histoire d'amour singulière composée par le poète Matthias Claudius et dont le titre était *Der Tod und das Mädchen*, « La Jeune Fille et la Mort ».

Das Mädchen :	La jeune fille :
Vorüber ! Ach, vorüber !	Va-t'en, ah, va-t'en !
Geh, wilder	Disparais, sauvage
Knochenmann !	squelette !
Ich bin noc jung, geh,	Je suis encore jeune,
Lieber	va-t'en, cher homme !
Und rühre mich nicht an.	Et ne me touche pas.
Der Tod :	La Mort :
Gib deine Hand, du	Donne-moi la main, belle
schön und zart Gebild !	et douce image !
Bin Freund, und komme	Je suis un ami, je ne
nicht zu strafen.	viens pas pour punir.
Sei gutes Muts ! Ich bin	Aie confiance ! Je ne suis
nicht wild,	pas sauvage,
Solist sanft in meinen	D'un doux sommeil tu
Armen schlafen !	dormiras dans mes bras !

Oh oui ! Pouvoir enfin dormir dans la douce étreinte rassurante de la Mort, de la Mère.

Mais pas encore. Pour l'heure, c'était la marche vers l'usine où elles allaient produire leur lot quotidien de filaments métalliques sertis dans des ampoules. Celle qui ne remplissait pas son quota ou dont le travail ne présentait pas une qualité suffisante était accusée de sabotage et exécutée sur place. Dans le meilleur des cas, son châtiment se réduisait à avoir la tête rasée. La petite jugeait cette deuxième possibilité pire que la première : une humiliation dont on ne se relevait pas. Car elle voulait aller à la rencontre de son libérateur avec une chevelure intacte, quitte à être infestée. *Du schön und zart Gebild.*

Sauf qu'elle était si désespérément empotée ! À la maison, on disait toujours qu'elle avait « deux mains gauches », et c'était sa grand-mère qui finissait en cachette ses travaux d'aiguille pour l'école. Elle se rappelait l'épisode de la broderie au point de croix en dernière année de primaire, avec ce carré de tissu de plus en plus sale et chiffonné sous ses doigts malhabiles, jusqu'au moment où sa grand-mère était intervenue et avait fait surgir par magie un canard jaune au bec rouge. Là, sa grand-mère ne pouvait rien faire, mais la petite avait un ange qui veillait sur elle. C'était certain. Il ne serait venu à l'esprit de personne de voir en elle une résistante héroïque déterminée à saboter la victoire allemande en produisant exprès des ampoules défectueuses. Nul ne doutait de la sincérité de ses efforts (ce serait d'ailleurs aussi noté plus tard sur l'interminable liste de ses fautes). Pour elle, la punition fut donc réduite à presque rien : on l'affecta au nettoyage des latrines.

Cela lui convenait très bien, et elle s'acquitta consciencieusement de sa tâche.

4

Ce fut dans les latrines qu'elle fit la connaissance d'Anna. Celle-ci relevait du contingent des *Dienstverpflichter*, des civils allemands recrutés pour le service obligatoire et elle était originaire de Berlin. Avec ses boucles brunes et son maquillage outré, elle rappela à la fillette les bonnes qui avaient toujours été si gentilles avec elle autrefois à la maison. Anna portait carrément le même parfum qu'elles : une lourde senteur de muguet un peu écœurante. Anna n'était sans doute pas tout à fait une jeune fille comme il faut, et ce fut pour cette raison, combinée au délire de nostalgie suscité par son apparence, que la petite osa l'aborder. (En réalité, Anna avait été ramassée par la police alors qu'elle exerçait son métier sur un trottoir de la capitale et expédiée dans cette usine d'armement, comme une forme légèrement atténuée de travaux forcés.)

Par précaution, la petite s'adressa à l'inconnue d'une voix presque inaudible et en dialecte berlinois. Et l'autre lui répondit ! L'autre voulut même savoir comment elle s'appelait, dans quel quartier de Berlin elle avait vécu et à quel moment elle avait quitté leur ville natale ! Pour la première fois depuis très longtemps, quelqu'un s'adressa à elle par son nom. Elle redevint Cordelia, Dela, la fille de Berlin-Eichkamp. Ainsi vue et remarquée, elle retrouva des contours et redevint réelle. Grâce à Anna.

Un bruit de pas à l'approche ; en hâte, elles se donnèrent rendez-vous pour le lendemain. Quand elles se revirent, Anna lui offrit un morceau de pain ainsi qu'un bout de flanelle à petits carreaux qu'on pouvait se mettre autour du cou. Après le départ d'Anna, la petite s'attarda longtemps devant le fragment de miroir crasseux des toilettes à caresser l'étoffe si douce, dont Anna avait dit que les nuances bleu foncé allaient bien avec ses yeux.

Bien entendu, tout contact entre civiles et détenues était puni de mort. Sauf qu'Anna était intrépide. Elle faisait preuve d'ingéniosité et de prudence, mais ne se laissait pas intimider. *Die können mich mal...*, disait-elle en riant, l'air bravache. « Ils peuvent bien me... » Pour sa part, la fillette était terrifiée. Lorsque son convoi repartit quelques jours plus tard, malgré la douleur de la séparation, elle en éprouva presque du soulagement. Pendant un temps, l'image du visage rieur d'Anna l'accompagna, ainsi que son odeur de muguet et la douceur du bout de flanelle qu'elle continua de porter noué autour du cou.

5

L'appel du matin se faisait à la lumière impitoyable des lampes à arc, mais au cours de la marche jusqu'à l'usine – nouvelle usine, nouveau camp, pour le reste aucun changement –, les femmes étaient enveloppées par une pénombre bienfaisante. La route longeait des prés et des champs argentés par le givre et protégés par une sombre forêt. *Der schöne, deutsche Wald…* La belle forêt allemande des livres d'Adalbert Stifter. La petite suivait mécaniquement comme les autres le rythme imposé, *links, zwei, drei, vier, links, zwei, drei, vier, …* Mais intérieurement, elle était bercée par le rythme rassurant d'une formule magique rien qu'à elle, offerte, cette fois encore, par sa mère et par Matthias Claudius. Là, elle devenait invisible et inaccessible, là elle pouvait enfin s'abandonner au repos.

Der Mond ist aufgegangen,	La lune s'est levée,
(links, zwei, drei, vier)	(Gauche, deux, trois, quatre)
Die goldnen Sternlein prangen	Petites étoiles d'or au firmament scintillent,
Am Himmel hell und klar ;	Brillantes et lumineuses
(links, zwei, drei, vier)	(Gauche, deux, trois, quatre)
Der Wald steht schwarz und schweiget,	La forêt se tient noire et silencieuse
Und aus den Wiesen steiget	Et des prés et prairies s'élève
Der weisse Nebel wunderbar.	la brume blanche merveilleuse.

Tout était là sous ses yeux. La lune, les étoiles, la noire forêt, la brume énigmatique du petit matin… Il n'y avait qu'à l'accueillir. Elle marchait, marchait. Oubliant la faim lancinante, la fatigue harassante, elle entrait droit dans la lumière d'éternité du poème et s'en laissait emplir tout entière.

Puis la suite du texte lui revenait, et celle-ci contenait tout ce qui pouvait et devait encore être dit.

Wollst englich sonder Grämen	Enfin sans affliction tu veux
Aus dieser Welt uns nehme	Nous enlever à ce monde
Durch einen sanften Tod !	Par une mort douce !
Verschon uns Gott ! mit Strafen	Epargne-nous, Dieu ! les châtiments
Und lass uns ruhig schlafen !	Laisse-nous dormir d'un sommeil paisible !
Und unsern kranken Nachbarn auch !	Et notre voisin malade également !

Elle appréciait tout particulièrement la prière pour le voisin malade. Elle ignorait pourquoi.

À l'approche de la petite ville à la périphérie de laquelle se trouvait l'usine, la plupart des maisons étaient encore plongées dans le noir, mais le pain des bons citoyens cuisait déjà au sous-sol de la boulangerie. Oh, quel arôme indescriptiblement délicieux se répandait à flots par la porte ouverte ! La fillette s'en emplissait à fond, jusqu'au ventre, et sentait d'un coup qu'elle avait un peu moins faim.

Par un petit matin comme celui-là, elle pouvait s'imaginer que sa mère et sa grand-mère avaient enfin fait la paix, conclu un pacte, uni leurs deux volontés farouches afin de la protéger et de la sauvegarder.

6

À quoi tenait sa différence, qu'est-ce dont ce qui clochait chez elle ? Quand elle réfléchissait à cela, elle avait la sensation de fixer un trou sans fond. Dans ce trou, il n'y avait rien. Absolument rien. Ou alors si, peut-être : un manque, une défectuosité. Il lui manquait quelque chose, mais quoi ? Si son oncle maternel n'avait pas été cet être infiniment gentil, inoffensif, soumis et asexué, il aurait pu lui fournir la réponse, elle aurait pu lui « emprunter » ce qui lui manquait pour sa part. La force de l'oncle Heini, sa patience tenace, son endurance illimitée, ne lui inspiraient aucune admiration. Ce n'était pas cela qu'il lui fallait, du moins pas à cette époque. Et la grand-mère non plus ne lui était d'aucun secours, car de ce point de vue la grand-mère comptait pour rien. La grand-mère sentait le vieux, elle était comme une feuille de papier sur laquelle personne n'aurait jamais l'idée d'écrire quoi que ce soit.

Mais sa mère, oh oui ! Sa mère possédait bel et bien ce qui lui faisait défaut à elle, aucun doute là-dessus. La petite aurait été incapable de nommer ce manque, ce « rien » qui l'évidait de l'intérieur, mais quand la mère se matérialisait sur le seuil, avec ses bottes, son pantalon d'équitation, son pull fin à col roulé, ou encore revêtue de son tailleur noir sur mesure qui s'accompagnait d'un éclatant chemisier rouge, alors sa fille prenait douloureusement conscience de son incomplétude et s'emplissait de toute l'humble dévotion du page.

Que sa mère pût elle-même souffrir de ce qu'elle, sa fille, considérait comme sa malédiction personnelle, il était évidemment impossible à la petite de s'en douter. Celle-ci ne pouvait pas non plus connaître, encore moins interpréter, ces vers où la mère donnait voix à son rêve de délivrance et de paradis :

Beides ward ich : Weib und Mann	Je devins les deux : femme et homme
Allnatur, erlöst vom Bann,	Toute nature, délivrée de la malédiction
Wurzel und Arom.	Racine et parfum.

Cette tension électrique qui saturait l'atmosphère en présence de sa mère, la petite l'attribuait au processus créateur, tout ensemble déchirant et salutaire. Maman écrit ! Cela lui lui inspirait la même vénération que le moment de l'élévation à la messe, quand un tintement de clochette annonce le miracle de la transsubstantiation. Maman écrit ! Le mystère a lieu.

*

« L'enfant a besoin d'un père », entendait-on parfois du côté du monde adulte. Pour quoi faire ? se demandait-elle. On aurait pu affirmer tout aussi bien : « L'enfant a besoin d'un éléphant. » De plus, c'était dit sur le même ton résigné que « l'enfant a besoin de foie de morue » ou « l'enfant a besoin d'huile de ricin. » Dans son esprit, un père s'apparentait donc à quelque chose de nécessaire, peut-être même de bon pour la santé, mais en aucun cas agréable.

Quand une créature de sexe masculin commença à s'immiscer de plus en plus fréquemment dans leur monde de femmes, elle ne fit aucun rapprochement avec la notion de père. Mais elle remarqua qu'en présence de l'intrus, sa mère devenait nerveuse et exaltée d'une manière inhabituelle (donc menaçante et source d'effroi). Et elle nota aussi que sa mère semblait vouloir instaurer entre elles deux une distance nouvelle. Soudain, elle se voyait traitée d'ENFANT ! Quelle humiliation.

Sa grand-mère paraissait inquiète elle aussi. Elle errait dans l'appartement en marmonnant tout bas, comme prise d'un pressentiment mauvais. Quant à l'oncle, il était comme à son habitude discrètement replié à la périphérie de leur existence.

Le jour où la fillette rencontra l'homme pour la première fois coïncida malheureusement avec sa première visite au cirque. Au retour de cette sortie, surexcitée et folle de bonheur, elle fut interceptée par sa grand-mère, qui l'arrangea discrètement de ses mains expertes avant de la conduire dans la chambre de sa mère, où celle-ci officiait au même moment, manipulant les objets du culte savamment disposés sur la table : la cafetière avec sa boule de verre bouillonnante, les canapés cocktail et les gâteaux recouverts de leur glaçage aux teintes pastel assorties. L'enfant fit sa révérence à l'invité, qui lui demanda aimablement quel numéro l'avait le plus amusée, au cirque. Amusée ? Aucune idée, les clowns n'étaient pas drôles, ils l'auraient plutôt fait pleurer... Mais la jeune fille qui dansait là-haut, tout en haut, sur sa corde, oh, elle l'avait adorée, il n'y avait rien de plus magique et, oh, qu'elle était belle !

Elle avait mis une minuscule jupe en tulle pailleté, à part ça elle ne portait RIEN DU TOUT ! L'excitation de la fillette emplissait l'air d'un puissant et – pour l'heure du moins – indésirable parfum d'érotisme. En réalité, son ravissement inouï tenait au moins autant au défi mortel de cette danse qu'au miroitement féérique du jupon de tulle, dont l'aura invincible semblait suspendre le danger tout en le confirmant. Et la petite s'y était reconnue, ô combien ! Elle aussi exécutait ses numéros sur une corde et sans filet de sécurité sauf qu'elle, elle le faisait en maillot de corps et chaussettes de laine tirebouchonnées. Elle aussi, elle aurait dû avoir un tutu scintillant !

La mère rit. Un rire nerveux de mauvais augure. L'homme, lui, semblait n'avoir rien remarqué car il arborait toujours le même sourire aimable. Mais la fillette devina qu'elle venait de dévoiler quelque chose (sur elle-même ? sur sa mère ?) qui aurait dû rester secret.

Bien plus tard, elle comprit que sa mère avait choisi cet homme pour la sauver d'elle-même. Grand et bien bâti, blond aux yeux bleus, ce serait lui, son Orphée, son Parsifal, son rédempteur. Et peut-être n'était-ce pas un hasard si son physique faisait aussi de lui le type même de l'aryen – le héros wagnérien, noble et pur de toute souillure – en tout point opposé aux deux hommes juifs qui l'avaient trahie et séduite ; car c'était sans doute ainsi qu'elle voyait son propre père et celui de sa fille.

Ne voyait-elle donc pas ce que la petite elle-même percevait si clairement chez cet homme, et qui éveillait toute sa tendresse impuissante ? Ne voyait-elle pas son front sans défense, son regard de détresse, sa bouche tourmentée ? Les mêmes exactement que sur une photo ancienne, prise du temps où il faisait son noviciat au monastère bénédictin de Maria Laach. Les bons moines, eux, avaient vu et compris, et s'étaient empressés de le renvoyer au monde profane – un monde pour lequel cet écorché vif était encore moins bien armé que pour la vie monastique.

Non, la mère ne le vit pas. Comme toujours, elle inventait sa propre réalité en fonction des besoins du moment.

7

La mère est soulagée et heureuse. Sa fille va être envoyée en vacances chez de bons amis à elle, dans un idyllique village de montagne nommé Obersdorf im Allgaü. C'est là que la mère a passé sa lune de miel avec le beau-père (peut-on avoir un beau-père quand on n'a jamais eu de père ?). Le grand air, la nature, la vie saine, la fréquentation de ces amis et de leurs enfants garantis exempts de névroses vont faire du bien à la petite. Non, elle n'était encore ni malade ni anémiée à cet âge, huit ans, (ou neuf, ou dix ? Dès cette époque, ses repères temporels commencent à vaciller). Mais elle était bien encombrante, de manière générale, et sentencieuse comme une petite vieille. Il y avait décidément un vice de fabrication chez cette gamine qui la rendait compliquée à gérer. Les M., qui étaient tous deux médecins, et leurs enfants blonds aux yeux bleus, ne pourraient avoir sur elle qu'une influence bénéfique.

De ces vacances d'été, elle ne garderait par la suite aucun souvenir. À l'exception d'une scène unique, qui se graverait en elle d'autant plus fortement. Qui tatouerait son âme, comme plus tard le matricule d'Auschwitz son avant-bras.

Elle vient de revenir à la maison en compagnie d'un des fils de la famille. Ils ont joué ensemble dehors. Dans le hall d'entrée, le père, Monsieur M., l'attrape violemment par le bras et, fou de rage, se met à la frapper en hurlant. Elle voudrait lui échapper, mais elle est paralysée de terreur. La grande face rouge encadrée de cheveux jaune paille éructe à quelques millimètres de son visage à elle (un masque pétrifié). Tout à la fin, il lui assène : « Voilà ce qu'il se passe quand on accueille chez soi une sale petite Juive ! » Et il la repousse loin de lui avec dégoût.

Qu'est-ce qui l'a mis à ce point en colère ? Aucune idée. Ah si ! Le fils aux yeux bleus et elle n'ont-ils pas été pris en flagrant délit alors qu'ils jouaient ensemble à des jeux défendus ? Oui, c'est sans doute ça. Oui, elle est une sale petite Juive. Oui, c'est elle qui a égaré les yeux bleus innocents. Car la fillette joufflue mal fagotée par sa grand-mère n'est plus qu'un souvenir : désormais c'est le beau-père qui lui choisit ses tenues, des vêtements qui soulignent son charme androgyne à la Tintomara, et le garçon aux yeux bleus a trouvé ces jeux excitants, mais à présent le voilà cloué sur place comme un imbécile, tête basse, aussi honteux qu'un chien, la queue entre les jambes. Elle sent croître en elle un sentiment de défi, puissant et délicieux. Non elle ne pleurera pas, elle ne demandera pas pardon, elle va rester raide, impavide, pas un muscle ne doit bouger. Elle pleurera plus tard, aux toilettes, c'est ce qu'elle fait d'habitude. Mais elle sent qu'elle a de nouveau mouillé sa culotte, pourvu que personne ne s'en aperçoive.

Une sale petite Juive – qu'est-ce que c'est ? Est-ce faire pipi sur soi et jouer à des jeux défendus ? Mais non voyons, elle est une catholique très pieuse qui a déjà fait sa première communion, d'ailleurs elle est capable à tout instant de se remémorer la sensation de ce jour-là, une ineffable sensation de bonté et d'innocence, de lumière et de pureté se répandant depuis le cœur de son être jusqu'à la blancheur de la robe et de la couronne de petites roses en tulle fixée sur ses cheveux.

Elle ne comprend pas. Mais oh qu'elle les hait, les hait, les hait. Tous autant qu'ils sont – et peut-être elle-même encore plus. Mais sa mère, elle ne peut, elle ne veut, elle n'ose pas la haïr. Sa mère qui l'a expédiée à Obersdorf im Allgaü, un village qui affiche à son entrée : *Juden unerwünscht.* « Juifs non souhaités. » Le panneau a été dressé en face de la croix qui, elle, est plantée là depuis toujours. La mère a envoyé sa fille chez les M. qui sont de fervents nazis et des membres éminents du parti. Mais non ! Il est impossible de haïr sa mère. Car être la fille de sa mère, son témoin et sa messagère, c'est être élue.

Bien plus tard, elle apprendra que sa mère a composé un texte, plus exactement une nouvelle, sur le panneau et la croix. Un très bon texte. Elle apprendra aussi que sa mère n'était pas ignorante des convictions des M. ni du fait qu'ils savaient que le père de la petite était juif. Mais le sens de la réalité propre à la mère était imperméable à ce type de savoir. Les M. étaient ses amis, enfin ! Jamais ils ne feraient de mal à son enfant ! Et la petite lui écrivait de joyeuses missives où elle racontait combien tout là-bas était amusant et formidable, et combien tout le monde était gentil avec elle.

8

La mère s'était mariée et l'enfant avait désormais un père. Elle aurait donc dû être et se sentir pareille aux autres. Mais elle renâclait, après tout elle avait payé le prix fort pour être l'élue, séparée, réservée et mise à part. Et elle devinait confusément qu'elle ne serait quand même jamais semblable aux autres. Car les autres étaient précisément cela : autres, différents. Et elle, elle ourdissait ses petits stratagèmes pathétiques pour défendre sa position spéciale, liée au pacte secret scellé entre sa mère et elle. Ce pacte existait, elle le savait, même si sa mère préférait feindre que non, et même si ses propres tentatives pour lui rafraîchir la mémoire ne lui valaient en général que moqueries et mépris.

Par exemple en ce jour étincelant de la fin de l'été où, en route vers sa première rentrée scolaire, elle tenait la main de sa mère tout en serrant contre son cœur le traditionnel cornet géant garni de friandises. Une fois en classe, la maîtresse avait demandé si quelqu'un savait par hasard déjà lire. Oui, elle, elle savait, elle lisait couramment. « Que lis-tu donc, ma petite ? » « Je lis les romans de ma mère ! » La maîtresse avait eu un rire indulgent et sa mère l'avait grondée tout au long du chemin du retour.

La famille au complet, avec grand-mère et oncle maternel, habitait à présent une vraie maison avec un petit jardin à Berlin-Grunewald. La mère, au comble de la joie, évoquait leur petit nid douillet, leur nid d'écureuil, à l'abri de tous les dangers, où ils seraient si heureux. (« Je ne te souhaite pas le bonheur, mais la force de supporter ton destin. ») Là, plus d'excuses, la fillette allait devenir une enfant parmi les autres. Elle se rappelle avec horreur le jour où il lui fallut payer le ticket d'entrée pour le monde détestable des « camarades de jeu ».

Devant la maison s'étend un bout de gazon délimité par une barrière d'à peine cinquante centimètres de haut. Les gamins du quartier adorent y grimper et marcher dessus en équilibre avant de sauter sur l'herbe, vifs comme des écureuils. Ou des furets. Elle les regarde faire et n'ose pas les imiter. Elle se console à la pensée qu'elle n'a que faire de ces enfantillages. Le beau-père, qui observe la scène depuis la fenêtre, sort de la maison, la soulève d'une poigne ferme et la dépose sur la barrière. « Allez, saute ! Ce n'est pas dangereux. Tu vois bien que tous les autres y arrivent ! » Mais elle n'est pas tous les autres. Elle ne veut pas, elle ne peut pas, elle n'ose pas. Prudemment, elle tente une désescalade tout en essayant de se rendre invisible, mais rien à faire, aucune pitié à attendre, on la hisse à nouveau sur la barrière. Les autres gamins ont cessé de sauter et fixent « la nouvelle » d'un regard incrédule, jamais ils n'ont vu une fille aussi bizarre. Elle sent que la grand-mère va de nouveau devoir laver sa culotte en cachette. Elle ferme les yeux et saute. Elle n'éprouve aucun triomphe.

Un an plus tard à peine, bravant tous les interdits, elle sautera, encore et encore, du plus haut tremplin de la piscine. Comme elle ne maîtrise pas la technique, elle se fait à chaque fois affreusement mal. (Cela se passe bien entendu avant qu'il soit devenu clair pour tout le monde que le panneau affiché à l'entrée « Accès interdit aux Juifs et aux chiens » vaut aussi pour elle.)

*

La mère n'appelait jamais le beau-père par son prénom pangermanique. Pour elle il était Reinhold – un nom qui lui venait d'une histoire intitulée *Der kleine Reinhold*, « Le petit Reinhold ». La fillette ne connaissait pas cette histoire, mais le nom Reinhold l'envoûtait, ainsi qu'il était censé le faire, avec ses deux syllabes, *Rein*, « pur » et *hold*, « aimé, bon, gracieux ». Elle comprenait que Reinhold appartenait à une espèce humaine différente de la sienne (et de celle de sa mère, de sa grand-mère, et même de l'oncle Heini). En quoi consistait cette différence, elle n'aurait su le dire, mais elle en était tout à la fois charmée et effrayée.

L'homme jouait « au lion » avec elle. Un jeu totalement inédit, qui était incontrôlable et sidérant – mais aussi velouté et soyeux, un peu comme la fourrure d'un lion. On rampait sur le sol à quatre pattes, les rugissements plus vrais que nature faisaient trembler la fillette, et sa terreur était aussi jouissive que le moment final où elle se dissolvait entre les bras si doux du dangereux fauve. Cet homme qu'elle était censée appeler « père » possédait une tendresse caressante qui faisait défaut à sa mère, dont les étreintes étaient brutales, emportées et envahissantes, un peu comme la façon qu'elle avait de donner le bain à ses deux petites (les demi-sœurs de la fillette). Elle les étrillait avec un zèle passionné, sans prêter attention à leurs cris, avant d'exhiber en riant leurs minuscules bouilles rondes et roses emmitouflées dans deux draps de bain à capuche.

D'autres jeux étaient réservés aux parents. La fillette, à demi-spectatrice, à demi-participante, y tenait un rôle plus imprécis. Ces jeux-là étaient enveloppés d'une excitante atmosphère de secret et il était clair, sans qu'il fût besoin de le mentionner explicitement, qu'il ne fallait pas en parler en dehors de la chambre parentale. À cette condition, on était parfois autorisée à entrapercevoir un monde enchanté où l'homme et la femme revêtaient tous deux un costume de velours noir. Celui de l'homme comportait un pantalon court et des bas de soie, blancs et fins, qui mettaient en valeur le galbe du mollet et des pieds étroits chaussés de souliers laqués noirs surmontés d'un petit nœud en taffetas rigide. Tous deux étaient également maquillés. Qui était qui ? Qu'est-ce qui était quoi ? Dans ce monde de sables mouvants où les feux follets vous attiraient pour vous perdre, il convenait de bouger très doucement, de faire bien attention, de ne pas commettre d'impair, de ne pas poser le pied au mauvais endroit. Cela lui rappelait l'histoire de cette jeune fille qui avait reçu l'ordre de se présenter au château du roi ; mais elle ne devait pas être vêtue, et pas davantage dévêtue ; et elle n'avait pas le droit d'y aller à pied, à cheval ou en carrosse. De la même manière, la fillette n'était ni homme ni femme. Elle n'était qu'ébauche de promesse. Comme prédisposée, autrement dit, à tenir le rôle du page.

Parfois les jeux prenaient un tour moins raffiné. L'homme se coiffait d'un fichu, se fardait les joues et devenait *das Hesse-Trinche*, une jeune paysanne de la Hesse, province dont il était lui-même originaire. La pauvre se lamentait en patois. *Ach Gottche, sprachs Lottche, was fang ich nur an, sieben Kinder une kein Mann !* « Hélas, petit Dieu, s'écria la petite Lotte, que vais-je devenir, sept enfants et pas de mari ! » La mère se tordait de rire devant les grimaces de la sainte idiote, mais la fillette n'apprit jamais à goûter ce jeu-là.

*

À quel moment le beau-père – le père, Reinhold, l'homme – commença-t-il à la frapper ? Et pourquoi ? Comme tant d'autres choses : trop difficile, trop douloureux, impossible à se remémorer. Mais elle perçoit bien son désespoir impuissant et rageur tandis qu'elle, recroquevillée sur le sol, se protège comme elle peut des coups qui pleuvent.

Confusément, elle sait que c'est elle qui a poussé l'homme à ce déchaînement, à cette explosion d'émotions réprimées, à cette violation. Les devoirs pas faits, la robe déchirée, son impertinence générale, tout cela n'est qu'un prétexte. Le véritable crime et la véritable faute sont ailleurs, et sont le fait d'un Autre. C'est de son propre corps que l'homme voudrait chasser le diable. Mais le diable est le plus fort. La fille le sait et le sent. Même lorsqu'elle s'enferme aux toilettes pour pleurer tout son soûl, ou quand elle se réfugie à la cuisine auprès des bonnes toujours prêtes à la plaindre, ou qu'elle laisse sa grand-mère la consoler à grand renfort de sucreries, elle sait la force qui est la sienne et s'enorgueillit en secret du pouvoir qu'elle croit détenir.

Elle est sa *törichte Barbe*, un surnom affectueux qu'il lui a donné un jour alors qu'elle lui récitait un poème pour son anniversaire. L'idée vient de la mère, c'est elle qui a choisi le poème et acheté en guise d'accessoire le petit panier de copeaux de bois garni de fraises en massepain. Dans le poème, une jeune fille prénommée Barbe sort de chez elle de bon matin afin de cueillir des fraises sauvages pour son bien-aimé, dont elle décrit les initiatives tant spirituelles que physiques avec un lyrisme enflammé. Qui est cet homme qu'elle idolâtre ainsi ? Le dernier vers le révèle : c'est son père, et il l'appelle *meine törichte Barbe*.

Barbe, ma petite folle.

9

Hommes qui frappent. Pour se défendre, pour se défendre d'eux-mêmes, ou pour tuer.

La scène se passe lors d'un convoi, de ceux que d'autres nommeront par la suite « marches de la mort ». Sur le moment on ne les appelle pas ainsi, on meurt et c'est tout.

Le wagon est censé pouvoir contenir tant d'hommes ou de chevaux, mais personne n'a calculé combien de femmes, ou de squelettes de femmes, il était possible d'y entasser. Elles sont nombreuses quoi qu'il en soit, bien plus nombreuses qu'on ne l'eût cru possible. Elle a réussi, Dieu sait comment, à accaparer une place au fond et depuis, elle s'y terre, genoux pointus coincés sous son menton, quoi qu'il arrive elle ne se laissera pas déloger, pas même lors des rares distributions de soupe ou de ce qui en tient lieu. Elle ne bouge pas de son coin, cela n'aurait d'ailleurs aucun sens, quelqu'un lui a volé son écuelle et elle ne peut tout de même pas recueillir la soupe dans ses mains. Elle ne souffre plus de la faim. Seulement, parfois, de la soif. C'est pire. À force de ne plus rien peser ou presque, elle a atteint un état psychique d'apesanteur. Dérivant sur les vagues fiévreuses de la tuberculose, elle se cramponne quand elle le peut à des bribes d'image ou de poème, comme une naufragée à un morceau d'épave.

Ganz in Hauch gelöster	Hadès tout entier dissous
Hades	dans un souffle,
wenn einst Blatt um	alors, lorsque feuille près
Blatt	de feuille
fällt, und an dem Ziel des	tombera et, à l'approche
Pfades	du but,
Krümmung und der	courbure du chemin,
Schwung des Rades	élan de la roue
endlich Ruhe hat	le repos enfin trouvera.

Elle les sent tomber, une à une, ces feuilles douces comme le velours. Elle sent la roue qui, imperceptiblement, ralentit, bientôt elle s'immobilisera ; jusqu'au repos et à l'oubli, elle est bercée par le chant de sa mère, qui parle de la rose. La rose terrestre, lourde et parfumée du jardin de Berlin-Eichkamp et la rose céleste qui est l'un des noms de la Vierge, celle qui écrase la tête du serpent sous son soulier de satin. *Tod wo ist dein Stachel, Hölle wo dein Sieg !* « Mort, où est ton aiguillon, Enfer, où est ta victoire ? »

Tant qu'elle se maintient dans le cercle magique des incantations maternelles, aucun vrai danger ne la menace. Mourir ne lui fait plus peur, mourir c'est être délivrée de sa mission et autorisée à rentrer chez elle. Pour toujours. Elle le sait, bien sûr, mais il arrive qu'elle l'oublie. Alors elle se transforme en l'une de ces vierges folles brutalement rejetées vers les ténèbres froides du réel.

Ce jour-là on les avait lâchées hors des wagons. Sur l'herbe gelée d'une vaste prairie, elles étiraient leurs membres gourds. Attaque aérienne ou problème de locomotive, qui s'en souciait ? Alors que leur était accordé ce bref répit, cet instant de grâce et presque de bonheur ? Pouvoir s'étirer, faire quelques pas comme pour s'essayer à la marche, inspirer un air propre et frais, absorber la maigre chaleur dispensée par un soleil pâle de fin d'hiver. Des centaines de femmes surveillées par une poignée de SS aidés de quelques jeunes soldats, « des pilotes sans avion » avait dit quelqu'un, qui montaient la garde à l'orée de la forêt.

Elle s'était discrètement rapprochée d'eux. Peut-être y aurait-il parmi ces garçons un natif de Berlin ? Tel était son espoir. Que quelqu'un lui confirme son existence, que quelqu'un veuille bien la voir, comme Anna l'avait vue, comprendre qu'elle n'était pas uniquement *Schutzhäftling A3709*, « détenue de protection A3709 », bien qu'elle fût également cela bien sûr, mais pour le reste elle était aussi, encore, Cordelia, Dela, la fille de Berlin-Eichkamp. Elle jeta son dévolu sur un gars dont le visage rond devint de plus en plus inexpressif sous son calot gris à mesure qu'elle lui chuchotait son histoire d'une voix neutre. En guise de réponse, il lui offrit la moitié d'un oignon et un morceau de pain en lui promettant de partager sa ration du soir avec elle si elle revenait à cette heure-là. En se retournant, elle crut voir un SS diriger ses jumelles dans leur direction. Elle comprit le danger, mais n'eut pas la force de s'en préoccuper. Quelqu'un l'écoutait, quelqu'un lui parlait. Comment s'arracher à lui ?

L'instant d'après, l'homme est sur elle et la frappe en hurlant. Elle sait, avec une certitude paralysante, que c'est la fin, qu'il va la tuer. Le jeune soldat observe la scène, pétrifié par la peur, mais ensuite il tente un geste pour retenir le SS qui, d'abord surpris, puis fou de rage, retourne sa hargne contre lui. Alors la petite sort de son hébétude, une dernière étincelle de vie s'allume quelque part en elle (parce que quelqu'un s'est donné la peine de la défendre ?) et elle s'enfuit, elle a même la présence d'esprit de ramasser au passage le manteau gris sur lequel elle s'était assisse et, sans ralentir, de poursuivre sa course en direction du train. Tel un lièvre – un écureuil –, elle zigzague entre les femmes assises ou allongées sur l'herbe jaunie, dans la lumière froide de cette fin d'hiver.

On lui fait un croche-patte, on la montre du doigt, bien vite c'est l'hallali : « Elle est là ! » « Non, ici ! » Mais elle réussit à remonter dans le train et après cet épisode elle ne quittera plus le wagon.

*

Hommes qui frappent.

C'est un type fatigué, maigre, regard tourmenté, la cinquantaine, dont l'uniforme trop grand pendouille et qui manie son arme avec maladresse ; sûrement est-il moins habitué au fusil qu'au cric ou à la fourche. C'est l'un de ceux qui ont été appelés alors que la guerre était déjà perdue. Un perdant.

Il monte la garde à l'entrée du wagon. Pour le symbole plus que par nécessité. Aucune de ces femmes n'a plus la force de songer à s'évader. D'ailleurs où iraient-elles ? En général il reste à son poste, effondré plus qu'assis, le dos voûté, l'air résigné. Est-ce lui qui les surveille ou elles qui le tiennent en leur pouvoir ?

La petite a compris qu'il ne leur voulait pas de mal. Il arrive qu'il leur apporte à boire. Puis un jour, lors d'une halte, le voilà qui descend et qui revient, tout fier, traînant après lui un gros carton. Celui-ci contient de petits paquets de sucre, comme ceux qu'on donne avec le café dans les restaurants. Où, comment, se les est-il procurés ? Mystère. Il tente un début de distribution équitable, chacune va recevoir son petit paquet. Mais les femmes deviennent comme folles, il leur vient des forces insoupçonnées, elles crient, se battent à coups de poing, à coups de pied, s'arrachent les fragiles paquets en les déchirant au passage si bien que leur précieux contenu, échappant à leurs griffes, se déverse et s'éparpille. De désespoir, l'homme leur hurle d'arrêter, mais aucune ne l'écoute.

C'est alors qu'il frappe. Il le fait par effroi, par déception, par impuissance. Il frappe au hasard dans cette mer de souffrance enragée qui menace de l'engloutir. Le bruit, quand la crosse s'abat sur de l'os que ne protège plus la moindre couche de chair ou de graisse, les cris qui se transforment en gémissements ; puis le silence, tandis que les femmes se recroquevillent pour lécher leurs plaies – et un peu de sucre, quand elles parviennent à en grappiller trois grains.

L'homme passe le reste du voyage prostré, affaissé sur lui-même, vidé de toute émotion. De temps à autre il marmonne distraitement, comme à part lui : « Mon Dieu… Ô Seigneur Dieu ». Est-ce à cela que ressemble la compassion, se demande-t-elle.

Compatir. Souffrir avec.

10

La petite avait désormais un père. Ainsi son stigmate lui avait été ôté à jamais. Voilà ce qu'on semblait penser autour d'elle. Mais après avoir lu un roman où il était question de la lèpre, elle se mit à examiner anxieusement ses mains. Des semaines et des mois durant, elle ne cessa de les observer. Il lui semblait bien distinguer au centre de sa paume la petite tache blanche qui, à en croire le roman, était le premier signe de cette maladie qui condamnait sa victime à devenir un être « impur », haï et rejeté par la communauté des humains. Elle savait que quelque chose clochait terriblement chez elle, et que c'était irrémédiable. Mais depuis que la famille s'était mise à jouer à papa-maman dans le nid d'écureuil loin de tous les dangers et qu'elle-même avait commencé à fréquenter la grande école comme une enfant parmi les autres, il lui devenait de plus en plus difficile de maintenir son sentiment d'élection. La mère n'avait plus besoin d'elle. Plus comme avant en tout cas. À supposer qu'elle lui fût encore utile, c'était en tant que figurante dans la nouvelle pièce qu'elle s'appliquait à mettre en scène, celle de la sainte famille où elle était censée incarner « l'enfant », innocente et ignorante. Mais elle n'était ni innocente, ni ignorante. Aucun enfant ne l'est, elle cependant encore moins que les autres. Ses camarades de classe la surnommaient « le Serpent », ils la savaient détentrice d'un savoir dangereux capable de les égarer et de les attirer dans le péché.

Elle-même était déchirée entre l'orgueil de plus en plus discutable de se savoir « différente », et son désir fou de se fondre dans le groupe en étant autorisée à être « comme les autres ». Ce désir-là était sans espoir – elle en eut la preuve entre autres le jour où elle voulut rejoindre les rangs du *Bund Deutscher Mädel*, la Ligue des Jeunes Filles allemandes.

Une jeune guide, ou *BDM-Führerin,* s'était matérialisée un jour dans leur salle de classe. Droite, élancée, altière, elle s'était dressée devant eux avec son uniforme brun, son lourd chignon blond pesant sur sa nuque et ses yeux bleus scintillant d'enthousiasme. Aux élèves, qui avaient huit ou neuf ans, elle insuffla la joie qu'il y a à œuvrer ensemble dans un but commun, le salut de la patrie, les idéaux élevés, la pureté et le sacrifice. Parmi les enfants présents ce jour-là, aucun ne but sans doute ses paroles avec plus d'avidité que la fillette. Il faut croire que l'exhortation au sacrifice, en particulier, touchait droit à ses pulsions les plus profondes. Le sacrifice, elle le savait bien, était la condition nécessaire de toute transformation. Ensuite, il serait peut-être même possible de devenir droite, élancée, pure, blonde aux yeux bleus.

Elle venait de se découvrir une nouvelle vocation. Tout à son bonheur, elle rentra chez elle en courant annoncer aux parents son intention d'intégrer le *BDM*. La réponse fut laconique : « Hors de question. » Elle protesta, insista, argumenta. La mère et le beau-père se fâchèrent, mais d'une façon différente et plus énigmatique que d'ordinaire. À la fin elle se vautra sur le canapé de la chambre maternelle pour y pleurer à chaudes larmes. Cette fois, elle ne faisait aucun effort pour cacher son désespoir, cette fois elle pouvait même l'exhiber car son désespoir était vertueux et légitime. Cette fois, ce n'était pas sa faute, cette fois, elle voulait vraiment être comme les autres, juste un peu plus que les autres (« toutes les autres ont le droit de s'inscrire », tel avait été son argument le plus imparable). Et voilà que soudain elle n'y était pas autorisée.

Son désarroi était à son comble, toutes les issues se révélaient bouchées. Alors qu'elle proposait, de sa propre initiative, de prendre sa place dans le rang et de marcher au pas cadencé avec les autres, dans l'ordre et la discipline, vers l'idéal commun (*links, zwei, drei, vier, links, links*), on lui opposait une fin de non-recevoir. Alors que le reste du temps, quand elle se contentait d'observer ses congénères à distance, on lui disait : « Pourquoi ne peux-tu donc pas jouer avec les autres et être comme eux ! » Rien n'allait car le problème, c'était elle, toujours elle. Elle était défectueuse, irrémédiablement.

Il lui restait cependant encore une source de réconfort, et même d'espoir. C'était le monde des contes et des poèmes mais aussi, mais surtout, le moment de la messe, où elle cherchait et découvrait, sous des formes diverses, toujours la même épiphanie : le miracle de la transformation, le crapaud changé en prince et « Seigneur, je ne suis pas digne de te recevoir, mais dis seulement une seule parole et je serai guéri ». Le fait que ces paroles soient prononcées en latin rendait l'exorcisme encore plus solennel, et efficace. Le miracle purificateur de la confession lui accordait, au moins pour un temps, cette délivrance de sentir que la marque d'infamie, le signe de Caïn, la plaie lépreuse, avait été effacée réellement et en vérité.

Or survint un jour où elle ne put aller voir son confesseur habituel, le Père K., qui était le directeur de conscience de la famille. Cet homme simple et doux (et extraordinairement âgé à ses yeux d'enfant) était le seul être capable d'obtenir que la mère renonce parfois à une idée fixe. D'obtenir d'elle qu'elle plie et accepte de faire, exceptionnellement, une concession à cette réalité qu'elle ne voyait pas. Car la mère vénérait non seulement le statut d'ecclésiastique mais toute la personne du Père K, à qui elle avait assigné une fois pour toutes le rôle de conseiller personnel plein de bonté, de force et de sagesse (Virgile guidant Dante aux Enfers). Le fait que son titre, son âge et la force invétérée de l'habitude le rendent foncièrement asexué n'était sans doute pas pour rien dans ce choix.

Or cette fois, la petite ne pouvait pas aller se confesser au Père K. Son crime, ou plutôt les conséquences inévitables du péché dont elle s'était rendue coupable, étaient trop terrifiantes. Mais alors qui ? À qui se confesser ? Il était d'une importance vitale pour elle d'avouer et d'être pardonnée. Le châtiment n'en suivrait pas moins, mais il serait plus facile à supporter. Le sceau de la confession était impossible à rompre, le devoir de silence du prêtre était inaliénable. Mais elle avait beau avoir toute confiance en le Père K., elle ne pourrait rien dire car elle se sentirait trop honteuse devant lui. Apeurée, confuse, le ventre noué, elle se mit à errer dans des rues inconnues aussi éloignées que possible du domicile familial. Chaque fois qu'elle passait devant une église, elle entrait et guettait le moment où quelqu'un ferait tinter la petite clochette et qu'elle verrait un prêtre se diriger vers un confessionnal. Oserait-elle approcher celui-là ? Ou peut-être celui-ci ?

Intérieurement elle revoit sans cesse la scène affreuse dans la cour de récréation. Tout le monde a déjà oublié le prétexte de la dispute, mais les autres enfants font cercle autour d'elle et la couvrent d'insultes. Ça, elle est capable de l'encaisser. Répliquer et rendre les coups, elle sait faire – du moins en paroles. Mais voilà que quelqu'un s'en prend soudain à sa mère en la traitant de pot de peinture. (Bien sûr, *die deutsche Frau raucht nicht und schminkt sich nicht*, « la femme allemande ne fume pas et ne se maquille pas », or sa mère fait les deux. Elle fume et se maquille, et les voisins la soupçonnent sans doute également de ne pas être tout à fait aussi « allemande », c'est-à-dire aussi aryenne, qu'il serait souhaitable.)

Cette injure faite à sa mère, elle ne peut la tolérer. Sa mère qui est si belle ! Et eux, avec les grosses vaches qui leur tiennent lieu de génitrices ! Cette fois ils sont allés trop loin, elle va les réduire au silence comme il faut, et une partie de l'honneur déteindra sur elle. Ou bien ? Les mots jaillissent de sa bouche : « En attendant, ma mère à moi, elle est dans tous les journaux, c'est elle qui écrit les publicités pour le parfum *Uralt Lavendel* ! »

À peine ces paroles prononcées, elle s'était sentie devenir la femme de Lot à l'instant où celle-ci se retourne et se transforme en statue de sel. C'était irréversible, elle le savait. Les autres enfants ne parurent pas trop réagir, ils n'avaient même pas l'air impressionné. Mais elle se persuada qu'ils fourbissaient leurs armes. Le châtiment allait tomber, il serait atroce, et il ne frapperait pas qu'elle (oh, si seulement !), il détruirait aussi sa mère, son beau-père, sa grand-mère, son oncle, la famille entière. Et ce serait sa faute à elle, et à elle seule.

À la maison, il y avait deux choses qu'on s'évertuait à lui faire entrer dans le crâne : « Ne répète jamais à quiconque ce que ta grand-mère dit de Hitler ! » Et deuxièmement, après ce jour où elle avait découvert par un malheureux hasard que sa mère écrivait le texte des publicités pour *Uralt Lavendel* : « Ça non plus, il ne faut pas le dire à l'extérieur, sous aucun prétexte ! » Si jamais elle transgressait l'un ou l'autre de ces interdits, la famille au complet serait frappée par un sort qui, pour n'être pas précisé, n'en était pas moins terrifiant.

Qu'on ne l'autorise pas à répéter les vilains mots que disait la grand-mère en parlant du Führer, elle pouvait à la rigueur le comprendre. La grand-mère était vieille et ne voyait sans doute pas le problème. Pour sa part, la petite se rappelait avec fierté le jour où elle avait été emmenée par une bonne à une parade en l'honneur de l'anniversaire du Führer. De gentils SA l'avaient soulevée et passée de main en main jusqu'au premier rang, peut-être en souvenir de la parole du Christ : laissez les petits enfants venir à moi. Au passage de la voiture, elle avait lancé son petit bouquet de violettes et il lui avait semblé que le sourire radieux du Führer s'adressait tout spécialement à elle. (Bien plus tard, cette scène-là serait elle aussi soigneusement comptabilisée dans le registre de ses fautes.)

Mais le deuxième interdit, elle ne le comprenait pas du tout. Personne ne lui avait expliqué que sa mère était à moitié juive et qu'elle avait pour cette raison, bien entendu, été exclue de la *Reichskulturkammer*, la Chambre de la Culture du Reich. Rien, absolument rien de sa main n'était autorisé à paraître sous forme imprimée, pas même une courte réclame. Des amis informés de l'impécuniosité permanente de la famille (due en grande partie au caractère généreux et dépensier de la mère) s'étaient apitoyés et lui avaient procuré ce travail de rédaction publicitaire. Mais il fallait évidemment observer le plus strict silence à ce sujet.

Les jours suivants, elle dissimula son secret tout contre son cœur, laissant l'angoisse lui lacérer la poitrine, comme le renardeau que le jeune Spartiate de la légende avait caché sous sa tunique. À la fin, elle dénicha un prêtre qui put la délivrer. Les cinq Ave Maria qu'il lui donna pour pénitence furent récités avec une exaltation, une gratitude et un soulagement infinis.

11

À peu près à la même époque, elle devait avoir environ neuf ans, elle assista à son premier bal. Un parent éloigné du côté de la grand-mère mariait sa fille et, cet homme étant un SS de haut rang, la réception serait somptueuse, avec un grand dîner après lequel on danserait.

Pourquoi la mère accepta-t-elle cette invitation ? Le beau-père, ce prototype d'« aryen » grand et blond, avait voulu refuser, et la petite craignit un moment d'être privée de tout, et notamment de la robe promise, une robe longue en lourde soie vieux rose. Mais la mère insista, la famille se rendrait à ce mariage, et comme d'habitude ce fut sa volonté qui s'imposa. Quelles étaient ses intentions ? Elle ne les formula pas à voix haute. Était-ce l'effet d'une confuse pensée magique où elle s'imaginait protéger sa fille en la conduisant dans l'antre du loup ? Présenter, comme on présenterait une supplique, cette enfant raisonneuse, avec son charme de petite vieille précoce et sa promesse à peine ébauchée d'enchantements équivoques ? « Regardez-la, messieurs (et servez-vous ?) Regardez-là ! Vous ne voulez tout de même pas faire de mal à cette enfant ? Peut-être pourrait-elle devenir votre petite mascotte, votre talisman contre le mauvais œil, n'est-elle pas parfaite pour cela ? Mais ne lui faites pas de mal ! »

Était-ce cela ? Ou, une fois de plus, son inaptitude à comprendre une réalité qui ne se laissait pas conjurer ni manipuler, fût-ce par Elisabeth Langgässer ?

Impossible d'en avoir le cœur net, et on peut penser qu'au fond, ça revenait aux même, comme deux courants possibles d'une même source. Où sa fille se désaltérait, pour le meilleur et pour le pire ; à la vie à la mort.

Une photographie fut prise de la petite dans sa robe de bal où on la voit assise bien droite sur un tabouret. Sous les épais sourcils rectilignes, son regard ne révèle absolument rien de ses secrets ni de sa solitude. Ah qu'il est bon que nul ne sache que je m'appelle Outroupistache, s'écrie le nain du conte de Grimm. *Ach wie gut dass niemand weiss, dass ich Rumpelstilzchen heiss !* Non, nul n'était au courant, pas même elle, pas encore. Mais chacun devinait, murmurait, complotait à préparer le breuvage ensorcelé et à nouer le filet qui ne tarderait pas à être jeté sur elle. De toutes ses forces, elle guette, elle ouvre grand ses oreilles, mais elle n'a pas de mots. Elle n'a rien d'autre que son angoisse, face à ce qu'elle sait sans le savoir.

Pendant des semaines, elle rêva et imagina la soirée prodigieuse où elle se rendrait vêtue de cette robe cousue rien que pour elle d'après un patron unique, cette robe si douce, si lourde, avec ses pois minuscules tissés dans l'étoffe qui scintillaient comme des pierres précieuses et ses souliers neufs, noirs, laqués, brillants. Qu'elle serait donc élégante !

À son arrivée dans la salle de bal, elle fut presque aveuglée par les lumières vives et les couleurs fortes, tout ce rouge, tout ce noir, les drapeaux à croix gammée drapés le long des murs et les uniformes noirs luisants des SS. Elle a la boule au ventre, sa douloureuse boule d'angoisse habituelle, rien que de très familier, mais en même temps elle est folle d'excitation. C'est ainsi, précisément ainsi, qu'on doit se sentir lorsqu'on est invitée au bal des sorcières lors de la nuit de la Sainte Walpurgis !

Son cavalier, le SS qui danse avec elle, la soulève dans les airs, de plus en plus haut, il la fait tourbillonner – c'est vertigineux, merveilleux, et en même temps c'est épouvantable. Elle est livrée, sans condition, et elle veut qu'il en soit ainsi. À ce moment précis, elle sent quelque chose dans sa culotte, et ce n'est pas que du pipi, elle a manifestement attrapé la diarrhée. Pourvu que nul ne le remarque. Pourvu que l'odeur ne la démasque pas. (Ne démasque pas quoi ? L'accident dans la culotte ou la « sale petite Juive » ?)

*

Même éblouissement de lumière crue. Jour de sélection à Auschwitz-Birkenau. Elle a entendu dire qu'aujourd'hui on triait les femmes de l'atelier de tissage. Qui va être jugée capable de travailler encore un mois et qui est bonne pour le gaz ?

La petite, elle, a été affectée au « bureau » qu'on appelle le *Schreibstube*. C'est un privilège. Les chances de survie y sont inhabituellement élevées, pas de labeur harassant, parfois une écuelle de soupe supplémentaire et la permission d'avoir un visage que les gardiennes SS ont appris à reconnaître, pour elles elle est la petite Berlinoise, *die Kleine aus Berlin*. Gerda, qui est la *Blockälteste*, la doyenne du *Schreibstube*, dispose même d'un lit à elle, derrière une cloison, avec une couverture matelassée et un jeté de lit en dentelle. Dès qu'elle le peut, la fillette vole un coup d'œil furtif à cette couverture rose moirée, si belle.

Mais tout cela a bien évidemment un prix. Les femmes du *Schreibstube* sont, entre autres, les servantes personnelles des gardiennes SS et se voient confier de petites missions d'ordre privé. Ainsi se noue une relation. Insouciante du côté des gardiennes SS, pleine de honte et de culpabilité du côté des détenues. En même temps, pour les femmes du *Schreibstube*, c'est l'occasion d'un triomphe amer car elles ont une fois de plus réussi à tromper la mort pour un mois, une semaine ou un jour encore. Elles ont un nom et un visage, leurs talents sont connus et appréciés des gardiennes. Il y a par exemple celles qui dessinent et décorent avec un art extraordinaire des cartes de vœux personnalisées. La fillette s'attache tout spécialement à une carte où on voit une cigogne apporter à tire-d'aile un bébé qui se balance, ravi, dans sa couche retenue par le long bec rouge de l'oiseau. Un bébé à Auschwitz.

Plus tard, elle apprendra que la dose de gaz est calibrée au plus juste pour tuer les adultes, mais il arrive que des nourrissons soient encore en vie au moment d'être jetés au feu des crématoires. Il lui vient des pensées de pommes rôties.

Le prix à payer, c'est aussi être obligée d'assister aux sélections du Dr Mengele et de noter le matricule de celles qui vont être gazées. Aucun nom, seulement un numéro. Dans le *Schreibstube*, sur des mètres de rayonnage, sont alignés des registres toilés de noir et remplis de chiffres presque tous suivis d'une croix. Une croix rouge pour « mort naturelle », une croix noire pour le gaz – à moins que ce soit l'inverse. À l'arrivée de la fillette, quand vint son tour d'être chassée-bousculée sous le panneau de fer *Arbeit macht frei* de l'entrée du camp de travail, les matricules comportaient tant de chiffres qu'ils ne tenaient plus sur l'avant-bras des détenus. Pourtant la plupart des nouveaux arrivants n'étaient pas immatriculés, vu qu'ils étaient triés dès leur descente du train. Mais pour les autres, il avait été décidé de recommencer à zéro, en faisant précéder les chiffres d'un A. C'est ainsi que la fillette devint A3709. Plus tard, en cherchant la détenue 3709 dans les registres, elle vit que son numéro était suivi d'une croix. Dès lors, elle eut l'impression de savoir tout l'essentiel sur son homonyme morte. C'était une femme, et la couleur du triangle devant son matricule signifiait qu'elle était juive : les Juifs, les asociaux, les témoins de Jéhovah et les prisonniers politiques avaient droit à des triangles de différentes couleurs. De plus elle était jeune et sans enfants. Une femme âgée ou une femme tenant un enfant à la main, ou dans les bras, aurait été triée dès son arrivée.

3709 était morte. Mais A3709 vivait et portait son numéro ; cela devint pour elle un lien, un lien de sang. 3709 ne serait pas oubliée, pas totalement anéantie, pas encore, du moins tant que A3709 vivait et respirait tant bien que mal. Sa vie ne serait plus jamais seulement la sienne ; une autre y avait part, *maintenant et à l'heure de notre mort.*

La sélection sous la lumière violente dans la baraque dépourvue de châlits. Les cris, les pleurs, le bruit des matraques des gardiennes SS quand elles s'abattent sur les corps nus à la peau jaunâtre, cette peau qui pend comme si elle avait été jetée négligemment et au petit bonheur sur le squelette. Ces corps sont déjà marqués pour la mort. Ils témoignent d'une détresse radicale, mais une ultime étincelle de vouloir-vivre brûle souvent contre toute raison au fond de leur propriétaire. Celles qui ont été examinées par Mengele, qui ont été pesées dans la balance de son regard exempt de convoitise, trouvées légères et envoyées du « mauvais » côté tentent désespérément de se faufiler du côté de celles qui ont réussi le test pour se cacher parmi elles.

Mengele, impassible, se tient au centre de la baraque, comme sur une île. Il ne crie pas, ne frappe pas, son uniforme est impeccable, ses bottes brillent. La petite se rappelle son premier bal, le SS qui la faisait tournoyer, de plus en plus haut, de plus en plus vite. Elle éprouve la même absence de résistance qu'alors, la même soumission, la même terreur, la même attirance. Elle ne peut, ni ne doit, rien éprouver d'autre, sa mission est de noter chaque matricule d'une écriture nette, avec le plus de soin possible. Elle ne regarde pas les condamnées dans les yeux, elle se concentre sur les chiffres. Un nouvel avant-bras, la chair flasque et ridée d'une vieille femme. Une voix geignarde la supplie : « S'il vous plaît, mademoiselle, écrivez que mon mari était aryen, *ganz arisch* ! En levant les yeux, elle voit que le visage qui lui fait face est celui de sa grand-mère.

Impossible bien sûr, sa grand-mère est morte il y a quelques années déjà, à la maison, dans le nid d'écureuil et bien pourvue des derniers sacrements, *wohlversehen mit den heiligen Sterbesakramenten*. Pourtant elle sait que c'est sa grand-mère qu'elle assassine au moment de noter scrupuleusement son matricule. Mengele la regarde-t-elle ? Et sa mère ? La regarde-t-elle ? De qui exécute-t-elle les ordres ?

12

Ronde et brillante, la coccinelle se détache vivement sur le brin d'herbe d'un vert intense. Bête à bon Dieu au mois de Marie. La fillette tend précautionneusement l'index ; confiante, la coccinelle poursuit son chemin du brin d'herbe vers le doigt humble et fervent. La petite compte les points noirs, autant de points que d'années à vivre. On peut multiplier par dix si on veut, mais elle ne le fait pas. Elle souffle doucement sur les ailes de la coccinelle et fredonne, faux, de tout son cœur, la vieille ritournelle.

Flieg Maikäfer flieg	Vole, coccinelle, vole
Dein Vater ist im Krieg	Ton père est à la guerre
Dein Mutter ist in Pommernland	Ta mère est en Poméranie,
Pommernland ist abgebrannt	La Poméranie est en flammes
Flieg Maikäfer flieg	Vole coccinelle vole

Un pacte secret et sacré a été scellé entre la coccinelle et l'enfant ; la chanson en est le mot de passe. Elles se comprennent, elles savent de quoi elles parlent. À cette époque déjà. Le père inaccessible, loin là-bas à la guerre, et la mère restée au pays, le pays incendié et dévasté. Mais voilà que le souffle de quelqu'un effleure tes ailes et tu t'envoles ; petite et ronde tu voles vers le soleil, tes ailes te portent, tes ailes t'emportent loin du manque, du chagrin et de la douleur, de la solitude et de l'abandon – vers le soleil, vers la mort, vers l'au-delà de la mort. Mais tu voles.

Flieg Maikäfer flieg !

13

Dates, années, événements se confondent, la réalité devient de plus en plus confuse, insaisissable et chaotique, mais il subsiste de rares points d'appui, quelques jalons, l'une ou l'autre image nette.

Elle vient d'entrer en sixième, elle doit donc avoir une dizaine d'années. Les élèves ont inventé un nouveau jeu : dévisser la valve pour dégonfler les pneus des vélos de leurs condisciples. Elle le fait aussi, bien entendu, cela devrait lui rapporter des points au concours « être comme les autres ». Ou bien ? Elle sait pourtant que ce jeu-là n'est pas innocent ; quand l'air s'échappe et que le pneu devient plat, mou, inutilisable, elle éprouve une jouissance mauvaise au goût de vengeance. C'est sans doute pour cela que, contrairement aux autres, elle est surprise en flagrant délit et convoquée dans le bureau de la principale, où elle apprend que pour prix de sa conduite déplorable elle va être renvoyée de l'école. Rien n'y fait, ni larmes ni prières, pourtant la principale n'a pas l'air très fâché, son regard semble plutôt empreint de compassion. La fillette sent malgré tout monter la révolte, cette punition n'est décidément pas en proportion de l'offense, et pourquoi faut-il que ça tombe sur elle, toujours, toujours elle, pourquoi ? Elle a peur de rentrer. Des heures durant, elle erre dans les rues. Oh, ces rues berlinoises, ces rues – angoisse, angoisse –, ces rues. Lorsqu'elle se présente enfin chez elle, relate sa faute honteuse et bégaie ses excuses, elle a tout à coup l'impression que les parents sont déjà au courant. Et que ça ne leur fait ni chaud ni froid ! « Oui, oui, va donc te chercher quelque chose à manger à la cuisine. » Elle ne sait pas ce qui est le pire, subir un châtiment sévère, être battue, ou alors cette indulgence indifférente. Il n'est pas possible qu'elle s'en tire à si bon compte. La punition viendra sûrement plus tard et elle en sera d'autant plus terrible.

Elle ne peut pas savoir qu'il s'agit d'un simulacre, d'une combine montée avec les meilleures intentions du monde par les parents et la principale. Après un mois de scolarité il est apparu en effet qu'elle n'allait pas pouvoir produire l'*Ariernachweis*, le certificat d'aryanité nécessaire pour poursuivre une scolarité dans le secondaire. La principale n'a pas le choix, la petite doit quitter l'établissement. Mais comme il s'agit d'une femme bienveillante, elle cède aux prières des parents et échafaude un prétexte. Ce qu'il faut, c'est épargner la fillette en la maintenant dans l'ignorance le plus longtemps possible, et dans toute la mesure du possible.

Car comment lui expliquer les choses ? Par où commencer ? Son grand-père maternel ? Ou son propre père, dont on ne lui a jamais parlé ? Plus tard, quand l'explication deviendra inévitable, c'est le beau-père qui assumera cette inconfortable mission. « Si tu es juive, dira-t-il, je le suis tout autant, nous descendons tous de notre père Abraham et nous avons tous nos racines dans l'ancienne Alliance. En ce sens, nous autres chrétiens sommes tous des Juifs. »

Mais à ce moment-là, elle sait déjà que ce n'est pas vrai ; ce n'est pas sa vérité à elle.

14

Le brouillard s'épaissit autour de la petite – c'est le Bøjgen, le serpent géant de la mythologie nordique, le Grand Courbe. Pour l'heure, elle vit encore dans la sécurité apparente du nid d'écureuil, mais elle devine qu'elle y est réellement une invitée. Une étrangère. Les petites sœurs ont fait leur apparition, la grand-mère et l'oncle maternel occupent encore le premier étage, mais la grand-mère est de plus en plus faible, et l'oncle aussi fuyant que toujours. Tout absorbé par son travail top secret d'ingénieur en chef chez Siemens, il consacre son temps libre à sa voiture et à son passe-temps favori, la photographie. Sans faiblir il immortalise la famille qui s'agrandit et s'élance depuis le rez-de-chaussée à l'assaut des étages supérieurs, colonisant peu à peu la petite maison. La fillette dispose d'une chambre à elle sous les combles. Elle y passe de longs moments agenouillée devant la lucarne ovale à contempler les jardins potagers bien tenus des voisins ; elle voudrait tendre les mains et implorer Dieu de protéger et de sauvegarder ce joli coin sans prétention, car elle sait qu'il est menacé, elle le sent dans son corps, elle entend le tic-tac de la mort. Déjà les photographies de l'oncle lui apparaissent comme des images d'archive, des souvenirs. On pourrait dessiner une petite croix dessus, comme c'est la coutume sur les cartes postales des vacances. J'habitais ici. Je vivais ici. Ne m'oubliez pas !

Dans le jardin familial se dresse un immense vieux cerisier, elle a gravé dans l'écorce ses initiales et celles du fils des voisins. Le canif a ripé et lui a entaillé le poignet, la petite cicatrice près de l'artère est devenue le sceau de son appartenance, le gage et la preuve qu'elle aussi a droit de cité dans le monde des vivants. Plus tard, on lui tatouera, juste un peu plus haut, le matricule d'Auschwitz ; bien plus tard, une fois adulte, elle contemplera amoureusement la petite cicatrice, qui lui rappellera et lui confirma chaque fois de nouveau que la marque d'Auschwitz n'est pas l'unique vérité sur elle et sur sa vie. La plus grande et la plus profonde, oui, certes, car la mort, la douleur et la souffrance n'ont-elles pas toujours le dernier mot ? Mais pas l'unique vérité.

Le monde de la vie ordinaire et de ses plaisirs – ce monde auquel elle ne se sentait pas légitimement appartenir mais qu'elle acceptait avec gratitude – comprenait des choses telles que l'odeur des gâteaux du dimanche qui, à peine sortis du four patientaient sous des serviettes blanches le temps que la famille revienne de la messe. Son missel déjà à la main, la petite n'omettait jamais de soulever prudemment un coin de serviette pour voir ce qu'on aurait ce dimanche-là : *Streusselkuchen* avec une pâte très fine et beaucoup de crumble, *Pflaumenkuchen*, gâteau aux prunes, ou *Käsekuchen*, gâteau au fromage blanc. Après l'église le plaisir serait encore plus intense car il semblerait mérité. Sainte communion pour l'âme et *Käsekuchen* pour le corps : dans ces moments-là, le monde était entier, et elle en faisait partie.

Ce bonheur spécial, aussi parfait et infini qu'un œuf tenu au creux de la paume, elle l'éprouvait tout spécialement à Pâques, quand les mystères de la Mort et de la Résurrection devenaient tangibles dans la dramaturgie de la messe, jusqu'à l'allégresse finale, débordante et illimitée qui était une lumière, mais d'une autre nature : celle qui vient après la nuit et les ténèbres de la mort. Et quand les cloches sonnaient en se bousculant, ivres d'annoncer le miracle de la grande joie au milieu du tonnerre de l'orgue et des chants, tout cela devenait pour elle sa propre mort et sa propre résurrection. Et c'était bien le but, sans doute. *Ayant été ensevelis avec Lui, nous sommes ressuscités en Lui.*

Pâques, c'était aussi le soleil printanier, les œufs cachés parmi les jonquilles, les crocus et les tulipes du jardin, les premiers mi-bas blancs de l'année et « Le fleuve et ses ruisseaux ont rompu leur prison de glace » *Vom Eise befreit sind Strom und Bäche.* Cette délivrance enivrante, cette allégresse murmurante se déversant avec une merveilleuse liberté, ce bonheur scintillant était partout, et il était en elle. Alors le blindage de la fillette, ce corset de dureté défensive, fondait et se dissolvait. Elle osait s'ouvrir, devenait douce et réceptive. Pour un temps.

15

« Quand l'étoile jaune est arrivée... », ça fait un peu le même effet que « Lorsque l'école a repris » ou « Une fois l'automne venu ». Comme un air d'évidence, pas dramatique pour deux sous. La marche ordinaire de la vie. N'y a-t-il donc pas d'autres façons de le dire ? D'autres mots ? Non. Pour elle, l'étoile devint simplement une énigme de plus parmi toutes celles qui faisaient de son existence un monde de sables mouvants et qu'elle acceptait comme autant d'événements naturels et inévitables. Elle avait appris qu'il pouvait arriver n'importe quoi à n'importe quel moment, pour n'importe quelle raison.

Il lui en reste cependant une image nette. Elle vient de rentrer chez elle après les cours, depuis quelques mois elle fréquente une école juive (comment lui a-t-on expliqué cela ?), elle est attablée à la cuisine et pendant que sa mère lui prépare son repas, elle aborde le sujet. Elle a dû en entendre parler à l'école. À la mention de l'étoile, la mère pousse un cri et manque lâcher la poêle qu'elle vient d'ôter de la gazinière. La fillette lui jette un regard froid. Désapprobateur. Est-ce vraiment si grave ? Cela mérite-t-il réellement une crise d'hystérie ? Pour sa part, elle pense que son monde brumeux, son monde gris pelucheux aux contours flous va peut-être devenir plus net grâce à cette étoile d'un jaune éclatant. Depuis un certain temps déjà, elle n'a plus le droit de dormir à la maison. Le soir elle se rend dans un endroit d'où elle repart le lendemain matin pour l'école avant de passer un moment au nid d'écureuil et de repartir ensuite pour le lieu où elle dort.

Un peu plus tard, en sa qualité de porteuse d'étoile, elle n'a plus le droit de remettre les pieds chez elle, même un court moment. Elle comprend qu'elle est devenue une menace de mort pour sa famille ; le petit coucou doit être expulsé du nid. Chaque logement, maison ou appartement où loge un Juif ou une Juive doit être marqué d'une étoile jaune en papier. Celle-ci doit être collée sur la porte d'entrée pour faciliter le travail des camions gris bâchés lorsqu'ils vont faucher leur récolte. Elle apprend vite à les identifier et jette un coup d'œil prudent à chaque croisement avant de s'engager dans une rue. Ces rues – angoisse, angoisse – ces rues.

L'étoile juive sur la porte, là où elle dort, est un avertissement. Pareille à la crécelle du lépreux, elle signale l'infection contagieuse dont elle est porteuse.

16

À la même époque il lui faut aussi quitter l'union des jeunes filles catholiques.

Un soir, elle est invitée chez la charismatique cheffe du mouvement. Elle est très fière de cet honneur exceptionnel. Elle trouve la table chargée de gâteaux et de bougeoirs allumés et, au mur, cet élément incontournable et sentimental du décor d'un certain genre de jeune fille allemande : un moulage du masque mortuaire de *L'Inconnue de la Seine*. Sur la commode se dresse une sculpture moderne de la Vierge. L'ambiance est très réussie ; au sein de l'union des jeunes filles catholiques, on est très sensible aux ambiances. La cheffe se montre avec elle aussi attentionnée, aimable et protectrice qu'une grande sœur ; par ailleurs, on la sent profondément gênée quand elle dit que la fillette doit bien comprendre que c'est à son très grand regret et que cela lui fait mal au cœur, mais qu'elle n'a pas le choix. S'il devait s'ébruiter que l'union admet en son sein des personnes portant l'étoile juive, les autorités décideraient de la dissoudre. Alors il vaut mieux qu'elle ne vienne plus aux réunions. « Tu connais notre devise : une pour toutes, toutes pour une. »

L'espace d'une seconde vertigineuse, la fillette se dit que ce serait peut-être le moment d'appliquer la partie « toutes pour une », mais repousse aussitôt cette pensée hérétique. Si quelqu'un doit être sacrifié, si quelqu'un doit quitter le navire, c'est évidemment elle, la séparée, la mise à part, l'élue. Elle accepte l'image pieuse que lui offre la cheffe en guise de cadeau d'adieu et supporte son étreinte larmoyante tout en ravalant ses propres larmes. Mais elle ne range pas l'image dans son missel ainsi qu'il était coutume de le faire à l'époque. Après quelque temps l'image s'égare.

17

Déambulations, le soir, dans les rues de Berlin, sa main glissée dans la main du beau-père. Il arrivait encore parfois qu'elle se faufile en cachette jusqu'au nid d'écureuil. Ces soirs-là, à la tombée de la nuit, le beau-père la ramenait à son cantonnement provisoire. Ils partaient à pied, puisque les Juifs n'avaient plus le droit d'emprunter les transports publics. Elle devait presque courir pour suivre les grandes enjambées de l'homme, un adulte de grande taille ; il ne parlait pas, mais elle sentait bien sa rage contenue, sa colère muette et impuissante contre ceux qui voulaient du mal à sa *törichte Barbe*.

La fillette éprouvait alors un étonnant sentiment de sécurité. La grande fureur silencieuse de l'homme devenait pour elle un rempart protecteur.

18

Berlin est à présent « nettoyée », rares sont les Juifs qui subsistent encore, et la fillette passe d'un logement à un autre, là où il y a encore quelqu'un derrière la porte étoilée. Elle dort un temps dans ce qui était autrefois le fumoir d'un père de famille allemand, sous l'image excitante et terrifiante à la fois du tableau de Franz von Stuck intitulé *Die Sünde*, « Le Péché ». Un rideau de perles la sépare de la chambre où dort son hôtesse. La fillette reste éveillée jusque tard dans la nuit à écouter les bruits effrayants qui lui parviennent de l'autre côté du rideau : lamentations désespérées quand la femme est seule, grognements et rires étouffés quand elle reçoit l'un de ses nombreux amis.

En revanche, la fillette n'est pas spécialement impressionnée par les tentatives de suicide de la dame car elle devine que ce n'est pas sérieux, pas vraiment fait pour mourir, car ce sont toujours des médicaments (la dame travaillait auparavant dans une pharmacie) et il s'agit surtout d'une espèce de vengeance contre son mari qui l'a abandonnée. Voilà ce que comprend la petite : le mari aryen a quitté son épouse juive en emmenant avec lui leur fils unique. Alors l'amertume et la haine de la femme vis-à-vis du traître ne connaissent pas de bornes. Elle se répand en cris et en invectives jusqu'à tomber sur son lit, épuisée, puis elle verse des larmes sur le portrait de son fils.

*

Plus tard elle occupera une chambre à coucher incarnant tout le rêve d'élégance et de raffinement d'une petite couturière juive. Tout y est blanc, d'une éclatante et innocente blancheur simplement soulignée par des guirlandes dorées dans le style Art nouveau. Cette Viennoise rondouillette a dû mettre des années à créer une telle merveille, même en sachant qu'elle travaillait récemment encore pour « des actrices, des doctoresses, des professeures, les dames les plus distinguées de Berlin ». Bien plus qu'un ameublement de chambre à coucher, c'est la marque visible de sa réussite. Comme certains se voient remettre titres, distinctions et diplômes pour preuve de leur talent, son hôtesse a cette chambre à coucher. Comment pourrait-elle la quitter, la fuir pour sauver sa vie ? Cette chambre est sa vie même.

À présent, elle partage l'une et l'autre avec la fillette. La couturière fait partie des personnes de plus en plus rares qu'on n'est pas encore « venu chercher », *abgeholt*. Ses compétences sont en effet requises par l'armée, elle coud des uniformes. Un jour, elles ont failli être emmenées toutes les deux, mais la couturière a pu exhiber un papier certifiant qu'elle travaillait *im Wehreinsatz*, pour l'effort de guerre. L'homme de la Gestapo a désigné la fillette. « Et elle ? » La couturière s'est hâtée de répondre : « Oh, elle m'aide, elle fait les boutonnières. » La petite est incapable de coudre quoi que ce soit ; les travaux d'aiguille pour l'école, c'était sa grand-mère qui les finissait à sa place.

Ce jour-là, en tout cas, ça avait marché, mais une chance pareille ne se reproduirait pas, elles le savaient l'une et l'autre.

Peu de temps après survint la nuit où elles furent réveillées par des cris et des bousculades dans la cage d'escalier, un fracas de valises et d'êtres humains expédiés en bas à coups de pied. *Los, los, schneller, fertig machen...* La fillette et la couturière, pétrifiées, chacune dans son lit blanc, dans la chambre plongée dans les ténèbres, rideaux sombres du couvre-feu soigneusement tirés, se gardent bien d'allumer la lampe, comme si elles croyaient possible de se cacher dans le noir ; sans compter la peur qui les paralyse. D'un instant à l'autre, elles le savent, on va cogner à la porte, à coups de poing, à coups de pied, d'un instant à l'autre ça va être leur tour. La petite ne peut pas remuer le petit doigt, encore moins joindre les mains, mais en son for intérieur elle implore la Vierge au manteau, la Vierge de miséricorde. *Maria breit den Mantel aus, mach uns ein Schutz und Schirm daraus*. « Marie, ouvre ton manteau, fais-en un écran, protège-nous. »

Puis soudain le silence se fait. Un complet silence. Et elles entendent le camion démarrer dans la rue. Un miracle a eu lieu. L'étoile juive sur leur porte était parfaitement visible, mais l'ange de la mort a passé son chemin. La mère de Dieu les a cachées sous son manteau bleu nuit constellé d'étoiles, ou peut-être est-ce la mère de la fillette qui, par un tour de sorcellerie a jeté sur elles une cape d'invisibilité. Car le temps n'était pas encore venu. La petite était sauve. Pour cette fois.

19

Peu de temps après, elle devient Cordelia Garcia-Scouvart, ressortissante espagnole pourvue d'un authentique passeport estampillé d'un visa d'entrée en Allemagne par les soins de l'ambassade d'Espagne.

Les puissances qui président à son existence, à savoir sa mère et l'Église, l'ont arrachée aux crocs de la mort. Jusqu'à nouvel ordre. Ce n'est qu'un répit, mais ça, on ne le sait pas encore. Le récit de la nuit de terreur dans la chambre blanche a pénétré l'esprit de la mère, fracassant le déni et balayant les images protectrices. La réalité a planté ses griffes dans la mère, sans réussir à ébranler pour autant sa croyance en sa propre toute-puissance magique, grâce à laquelle elle va une nouvelle fois réussir à sauver sa fille. Il lui faut à présent agir avec le courage et la force enragée d'une lionne dont la progéniture est menacée.

Non loin de l'église où la mère avait l'habitude d'assister à la messe, il y avait un hôpital militaire allemand. Parmi les soldats blessés figuraient quelques

Espagnols issus de la brigade symbolique envoyée à Hitler par Franco, sans doute pour le remercier de son aide durant la guerre civile. Ayant repéré lors de la messe un jeune officier espagnol assidu, la mère résolut qu'il reviendrait à ce beau jeune homme, sans doute dévot de surcroît, de sauver sa fille.

La petite ne fut en rien surprise d'apprendre qu'il avait suffi d'une seule conversation avec sa mère pour que le jeune homme s'engage sur-le-champ à conclure un mariage blanc afin de permettre à sa fille d'obtenir la citoyenneté espagnole. Dans la mesure cependant où elle n'avait que quatorze ans – pas encore l'âge légal, autrement dit –, le plan tomba à l'eau, de même que la possibilité pour le jeune homme de l'adopter, vu qu'il était lui-même trop jeune pour cela. En tout cas, il mit la mère sur la piste d'une très vieille dame qui vivait retirée dans un château près de Munich et dont on disait qu'elle était la dernière princesse royale de Bavière, descendante d'un roi espagnol, peut-être pourrait-elle l'aider ? La mère se rendit à Munich et découvrit une vieille femme impotente terrorisée par sa belle-fille, une nazie convaincue occupant un poste élevé dans la Ligue des Femmes allemandes, *Deutscher Frauenbund*. Mais la mère découvrit également le couple de fidèles serviteurs espagnols de la vieille dame, respectivement cuisinière et jardinier du château, qui se déclarèrent prêts à adopter la petite.

Le conte de fées devint réalité. La paperasserie fut expédiée en vitesse et, après une cérémonie solennelle au cours de laquelle la fillette se vit remettre citoyenneté et passeport, elle n'eut plus l'obligation de porter l'étoile juive. Là-dessus on l'envoya au château enchanté où la méchante sorcière retenait la bonne reine captive et on la cacha dans la chambre des serviteurs. Un jour, alors que la sorcière s'était absentée à bord de son beau carrosse tiré par de nombreux chevaux moteur, la petite put être conduite jusqu'aux appartements royaux, faire sa révérence et remercier enfin la reine, qui la contempla d'un regard aimable et triste et la bénit d'un signe de croix. Après quoi la fillette put retourner dans le nid d'écureuil, car elle était désormais en possession d'un talisman qui les protègerait du mal, elle et toute sa famille. Un talisman en forme de passeport espagnol.

Ce soir-là, la mère donna une fête en l'honneur de sa Proserpine qui était revenue de la vallée de l'ombre de la mort. Le cycle était accompli, déclara-t-elle. Sa fille, née à Munich dans la douleur et les larmes, avait été ressuscitée, libérée et rendue à sa mère dans cette même ville. Jamais la mère ne fut plus belle que ce soir-là. Ses cheveux noirs brillaient d'un éclat aussi intense que l'écarlate de sa bouche ; la flamme des chandeliers, se reflétant dans les verres à pied graciles, faisait trembler l'or du vin. C'était si beau que c'en était douloureux. La fillette aurait voulu fondre en larmes, car intérieurement elle savait que ce n'était pas une fête de retrouvailles comme semblait le croire sa mère, mais une cérémonie d'adieu. Elle s'était vu allouer un petit temps encore. Un sursis accordé à titre gracieux. Proserpine n'était qu'en visite chez les vivants, bientôt sonnerait l'heure, celle du loup, entre nuit et aube, celle des camions gris, et Proserpine retournerait parmi les ombres du monde d'en bas. Ce soir-là, lors de cette fête rutilante, elle fit ses adieux à tout ce qu'elle aimait. Comme dans le conte de Grimm : *Jetzt komme ich noch einmal – und dann nimmermehr.* « Cette fois encore je reviens – et ensuite jamais plus. »

Jamais plus. *Nimmermehr.*

Mais à l'heure de partir pour son voyage, elle emporterait avec elle quelque chose de ce lieu. Elle emporterait le fil d'Ariane offert par sa mère, celui du conte, du mythe et de la poésie, fin comme de la soie et, dit-on, plus fort que la mort. Elle savait que le fil maternel, ce cordon ombilical jamais tranché, la conduirait jusqu'à l'entrée du royaume des morts*, là où elle ne voulait pas aller.* Ce qui l'attendait au-delà, elle l'ignorait. Mais déjà elle sentait se refermer autour d'elle la solitude ultime, immense, sans recours ni retour.

20

« Nous allons faire nos adieux au Dr Michaelis. »

C'est lui qui a été désigné pour être le tuteur de la petite qui, étant née hors mariage, a l'obligation légale depuis quelques années d'avoir un tuteur. Et comme elle est d'extraction juive – impossible désormais de le cacher – son tuteur doit l'être également. Le Dr Michaelis remplit les critères : juriste de profession, il préside aux destinées d'une petite communauté juive libérale de Berlin. C'est un vieux monsieur à la silhouette menue, aussi cultivé que chaleureux et vif d'esprit. À présent il est prévu pour un *Transport*, un convoi, et la famille doit prendre congé de lui.

Le Dr Michaelis habite le quartier de Charlottenburg. La cage d'escalier de l'immeuble sent le chou bouilli et l'eau de vaisselle. Sur la porte de l'appartement, l'étoile juive est si parfaitement centrée que le Dr Michaelis a dû s'aider d'un mètre pour mesurer la distance exacte entre les deux montants. À l'intérieur, les bagages sont prêts ; des cartes de visite tiennent lieu d'étiquettes. Madame Michaelis, une femme tout en rondeurs au visage bouffi de larmes, s'affaire en se demandant quels produits de première nécessité, quels menus objets essentiels à la vie elle a bien pu oublier d'empaqueter.

Son mari, en revanche, est calme. À leur arrivée, il se tient debout à la fenêtre et se coupe méthodiquement les ongles. Dans la brillante lumière d'été qui paraît traverser son corps frêle, le Dr Michaelis semble à la petite « transfiguré », « illuminé » au sens propre, comme un esprit sans masse ni odeur, flamme légère prête à s'éteindre dans la brise. *Einen sanften Tod* ? Une mort douce ? Non. Selon toute vraisemblance non ; mais il est possible, et même probable, que le Dr Michaelis n'aura pas opposé de résistance, qu'il aura inspiré à fond, bien à fond, et ainsi, de lui-même, éteint la petite flamme et accueilli les ténèbres.

Mais pour l'heure il se tient encore à la fenêtre à se couper les ongles, baigné de soleil. Les invités sont introduits dans le séjour et il s'excuse mille fois auprès d'eux, il ne les attendait pas si tôt, mais il ne reste sans doute plus beaucoup de temps, alors il est important d'être prêt et d'avoir tout prévu. « On ne sait pas quelle sera la prochaine occasion de se couper les ongles », ajoute-t-il avec un sourire tranquille. Puis les parents et elle se voient offrir quelques souvenirs. Le Dr Michaelis a été dans sa vie un collectionneur, un amoureux des beaux objets. Beaux, et souvent aussi fragiles. La mère reçoit des tasses à café en porcelaine de Meissen, où des bergères peintes jouent sur les prairies de l'innocence. Au père, il offre une canne d'ébène à pommeau d'ivoire. « Je suis très heureux à la pensée que ces objets-ci, au moins, ne tomberont pas entre des mains grossières » dit-il en leur remettant ces cadeaux. Puis, se tournant vers la petite, il pose ses mains osseuses de vieil homme sur sa tête d'enfant. « Je sais que tu aimes Stifter, alors voici pour toi. » Elle reçoit de sa main les deux volumes reliés de cuir rouge et dorés sur tranche qui recèlent le monde d'Adalbert Stifter, son monde de paix infinie, de temps par-delà le temps. Un océan de temps pour la vie calme, la culture, la patience et l'attention, pour la croissance imperceptible. Elle fait sa révérence et remercie en baissant le nez. C'est alors qu'elle remarque les pieds menus du Dr Michaelis chaussés de leurs bottines désuètes ; elle essaie de compter les boutons noirs en forme de petites boules mais n'en a pas l'occasion.

Il est temps de dire adieu au Dr Michaelis.

21

Ç'avait été une si belle journée d'automne dans la forêt, *im schönen, deutchen Wald.* Elle était partie cueillir des baies et des champignons avec son oncle. En compagnie de l'*Onkel* Heini, on pouvait se détendre. Il ne la sermonnait pas, n'exigeait rien d'elle, n'éveillait aucune tempête de sentiments. Ce qu'il offrait en contrepartie, c'était le repos, dans un climat chaleureux et amical. De temps à autre il pouvait même la surprendre par une plaisanterie subtile, suivie d'un rire étouffé.

En rentrant avec leur récolte le soir venu, ils trouvèrent un mot sur la table de la cuisine les priant de se présenter dans la chambre des parents dès leur arrivée. Elle s'angoissa aussitôt. Qu'avait-elle encore fait ? Ce devait être grave s'il fallait lui régler son compte sans attendre, malgré l'heure tardive. Car bien entendu, c'était elle la coupable. D'ailleurs, la petite tache blanche n'avait-elle pas grandi ces derniers temps ? Le signe distinctif lui avait paru plus net ces derniers jours quand elle s'enfermait aux toilettes pour traquer sur ses paumes l'indice de sa honte secrète. Quelqu'un était-il au courant à part elle ? Elle se redressa et se cuirassa en vue de ce qui devait advenir.

La mère et le beau-père étaient déjà couchés. La nuit, le vaste canapé se transformait en un lit au-dessus duquel était pendu un Corps du Christ haut d'un mètre. En l'absence de croix, le supplicié semblait crier sa souffrance nue plus terriblement encore vers la pièce élégante et ses meubles anciens, peu nombreux mais choisis avec discernement. C'était là que se retirait le père, les rares fois où son ennuyeux travail alimentaire et les exigences de la mère lui laissaient un répit pour faire ce à quoi il aurait voulu, plus que tout, consacrer sa vie : écrire un livre sur Saint Augustin. En devenant le Reinhold de la mère, le Dr Wilhelm Hoffmann avait su que toute carrière universitaire lui serait dorénavant fermée. Tel était son châtiment pour avoir sciemment profané la race aryenne. Le fait qu'il serait également, et pour de longues années, banni de sa propre famille il ne s'y attendait sans doute pas ; mais en épousant une fille-mère, il avait bien sûr bafoué leur honneur.

Le Christ souffrant semblait parfaitement à sa place dans cette pièce qui servait aussi, par intermittence, de refuge à Reinhold. Contre tous les tourments dont il était accablé, et au nombre desquels il fallait souvent compter la mère elle-même, sa défense consistait à s'enfermer dans son bureau. Là, il étouffait longuement le cri de colère et de désespoir qui pulsait en lui en cherchant vainement une issue. Ce silence pesant, débordant, saturé, pouvait durer des jours. Et le corps tordu et mutilé pendu au mur se taisait de conserve avec Reinhold, souffrait et endurait avec lui.

En entrant dans la chambre avec son oncle, elle chercha aussitôt à décrypter l'expression du beau-père. Le visage maternel ne livrait jamais d'indice car, n'ayant absolument aucun sens de la mesure, elle pouvait se mettre dans le même état d'agitation délirante quelle que soit la situation, par exemple le jour où la bonne avait annoncé sa démission et celui où elle avait appris le suicide de sa meilleure amie. De même, elle pouvait s'extasier de façon identique devant un nouveau poème de Wilhelm Lehmann ou un nouveau dessin de ses deux petites. D'ailleurs ses émotions n'avaient pas besoin de prétexte pour se manifester de façon spectaculaire. Un jour, en entrant dans une pièce où le beau-père semblait réprimander la petite, elle était intervenue sur-le-champ en collant à sa fille une gifle retentissante. « Mais que fais-tu ? » avait demandé le beau-père abasourdi. « Quoi ? Tu étais bien en train de la corriger, non ? » Sur un ton d'évidence, comme si elle ne comprenait même pas le sens de la question de son mari.

Le visage du beau-père, en revanche, n'était guère difficile à lire. Sa mâchoire contractée par la rage, son regard bleu pétrifié fixé droit devant lui, les plis du front trahissant une horrible migraine – tous les signes étaient réunis, et elle se dit que sa faute devait être bien plus grave encore qu'elle ne l'avait imaginé.

Sans un mot, sa mère tendit à son oncle une lettre à en-tête officiel. Une lettre tapée à la machine. Une convocation au quartier général de la Gestapo. Celle-ci concernait la fillette, mais la mère avait déjà pris la décision qu'elle l'accompagnerait. Jusqu'où elle pouvait. Le plus loin possible.

Comme toujours, la petite se sentit ce jour-là très fière de sa mère, si belle et si élégante, et qui portait pour l'occasion un manteau de lin blanc avec un grand sac à main laqué noir. Cependant elle prit peur en apercevant la vaste bâtisse grise qui était le siège de la Gestapo, et en entendant l'écho des bottes des SS montant et descendant au pas de course les grands escaliers de marbre ; tout cela évoquait beaucoup trop l'antre du dragon. Mère et fille s'orientèrent tant bien que mal à travers un dédale de couloirs jusqu'au bureau numéro tant. À peine eurent-elles franchi le seuil que sa peur s'évanouit. Le fonctionnaire qui les avait convoquées ne portait pas l'uniforme. C'était un petit maigrichon affublé de lunettes et d'une fine moustache, qui invita poliment la mère à s'asseoir.

Elle-même dut rester debout le temps qu'il leur explique l'affaire. Bon, commença-t-il, il se trouvait qu'elle était en possession d'un passeport espagnol avec visa d'entrée en bonne et due forme. Cela, on ne pouvait, côté allemand, rien y faire – hélas, faillit-il ajouter avant de se raviser car c'était inutile. Or donc, elle allait également avoir besoin d'un visa de sortie délivré par les autorités allemandes. Mais celui-là, il ne faudrait peut-être pas trop y compter. « Je vois que vous ne portez pas l'étoile juive », dit-il en se tournant vers elle. Ce n'était pas encore une accusation. Juste un simple constat. Elle nota avec satisfaction qu'il l'avait voussoyée ; c'était la première fois que ça lui arrivait, signe qu'elle comptait peut-être désormais pour une adulte. Ce fut cependant sa mère qui expliqua au fonctionnaire ce qu'on leur avait dit à l'ambassade. En tant que ressortissante espagnole, sa fille n'était pas concernée par les lois raciales en vigueur en Allemagne et ne pouvait donc être contrainte à porter l'étoile, et cela d'autant moins qu'elle était née catholique. « C'est bien possible, répondit patiemment le moustachu. Mais, ajouta-t-il en s'adressant de nouveau directement à elle, il se trouve que nous avons préparé le document que voici, et nous souhaitons que vous y apposiez votre signature. » Elle prit le papier qu'il lui tendait. C'était un texte rédigé à la première personne où elle déclarait accepter la double nationalité, c'est-à-dire conserver l'allemande en plus de l'espagnole, et donc reconnaître de son plein gré que la législation allemande, notamment les lois raciales allemandes, s'appliquaient à sa personne. Ce qui incluait le port de l'étoile juive et un éventuel futur convoi, *Abtransport*, vers l'Est.

En tournant un regard hésitant vers sa mère, elle ne vit qu'un masque blanc où seule la bouche luisait, telle une blessure cramoisie. En cet instant, comprit-elle, il n'y avait aucun secours à attendre du côté maternel. Cela lui fit très peur mais, comme toujours, sa part rebelle lui vint en aide. Ah non ! Elle n'allait pas se laisser faire comme ça, l'étoile jaune à nouveau elle n'en voulait pas ! *Abtransport* vers l'Est, ça ne rendait pas non plus un son formidable, mais l'étoile, elle en avait déjà l'expérience. Elle décida donc de jouer la *kesse Berlinerin*, la Berlinoise délurée – un rôle qu'elle avait déjà eu l'occasion d'interpréter avec succès. « Je voudrais contacter mon ambassade, s'il vous plaît », déclara-t-elle. Une réplique qui lui parut à la fois adulte et impressionnante. Il l'avait voussoyée après tout.

Bref éclair derrière les lunettes, petit tressaillement de la moustache, comme si le fonctionnaire réprimait une envie de rire. « Je vous en prie, Mademoiselle, voici le téléphone », dit-il en poussant aimablement l'appareil dans sa direction. Elle avait déjà la main sur le combiné quand il enchaîna, et la voix n'était plus la même, à présent le dragon crachait du feu.

« MAIS – le mot claqua comme un fouet – si vous ne signez pas ici et maintenant… *Denn müssen wir ihre Mutter belangen.* Alors nous serons dans l'obligation de poursuivre votre mère. » Sa mère avait organisé son adoption dans le but de contourner la loi allemande, enchaîna-t-il. Cela pouvait être assimilé à un crime grave – trahison, haute trahison et même un troisième terme que la petite ne retint pas. Mais si elle signait le document, on pourrait considérer qu'aucun mal n'avait résulté de l'initiative maternelle. Initiative qu'on pourrait, dans ce cas, considérer comme une faute vénielle. « Et, conclut-il par mesure de précaution, vous n'êtes pas sans savoir que votre mère est elle-même à moitié juive. »

En jetant un coup d'œil à sa mère, elle croisa cette fois son regard, le regard de ses beaux yeux bruns qui étaient capables de briller de façon ensorcelante mais qui étaient à présent emplis d'une impuissante douleur muette. Personne ne parla. Aucune parole n'était nécessaire, il n'y avait rien à ajouter, aucune ombre de choix, d'ailleurs elle n'avait jamais eu le moindre choix, elle était Cordelia, celle qui tenait serments et promesses, elle était aussi Proserpine, elle était l'élue, et jamais elle n'avait été aussi proche du cœur de sa mère. Les mots eurent du mal à franchir ses lèvres, sa gorge nouée faisait barrage, mais pour finir elle réussit à les articuler. « Oui, je vais signer. »

Repu et satisfait, le dragon redevint un fonctionnaire presque aimable qui l'informa en guise d'adieu : « Vous pouvez maintenant aller dans le bureau d'en face récupérer une nouvelle étoile. Elle coûte cinquante pfennig. »

22

Quand ils vinrent la chercher au petit matin elle aurait dû être, sinon consentante, du moins prévenue. Pourtant il y eut des larmes, de la peur, de la réticence.

Les jeunes demi-Juifs qui gagnaient du temps en exécutant les basses besognes de la Gestapo dans l'espoir de se sauver firent preuve de clémence avec elle. D'habitude ils y allaient à coups de poing, à coups de pied et en aboyant, soit par désespoir, soit parce qu'ils s'identifiaient aux bourreaux, ou les deux à la fois. Avec elle, ce n'était pas pareil. Ils la connaissaient. Elle était, non l'une des leurs, mais une partie d'eux, l'innocence perdue qu'ils essayaient de protéger et de sauvegarder. Dans la mesure du possible. Ils la traitaient comme leur petite sœur, et elle, qui avait toujours été l'aînée, s'était plu dans ce nouveau rôle. Cela faisait plusieurs mois qu'elle vivait avec eux dans l'hôpital juif d'Oranienburgerstrasse, elle avait même partagé le lit de certains d'entre eux – non par concupiscence, certes, à quatorze ans sa sexualité était encore plongée dans le sommeil de la Belle au Bois dormant et aucun prince ne l'avait d'un baiser tirée de ses jeunes fantasmes. Elle était « en retard ». À peine une esquisse de seins et pas encore de règles.

Qu'était-ce alors qui l'attirait ? Était-ce la proximité avec les seigneurs, les vainqueurs, cette proximité qu'on payait en devenant partie prenante de l'ombre, du désastre, de la damnation ? Était-ce le délice de la chute, la promesse d'une délivrance ? L'idée de se laisser tomber ensemble, main dans la main ? Mais les braves petits soldats de plomb finissent toujours par choir dans le brasier, n'est-ce pas ?

Pour une raison quelconque, tous ces jeunes gens étaient originaires de Cologne, et leur dialecte prononcé la charmait par son mélange de brutalité, de blague et de tendresse. Les frères Hans et Heinz furent tous deux ses camarades de lit. Mais qu'ils étaient donc différents ! Hans, grand, mince, brun et beau comme un séducteur de pacotille était un desperado portant à son cou un médaillon à l'effigie de la madone (tous ces garçons étaient des demi-Juifs baptisés). Hans était l'amant de la blonde Greta, qui gagnait du temps de son côté en partageant la couche du Dr Lustig. Greta était l'infirmière en chef du service pédiatrique. Le Dr Lustig, lui, était le directeur de l'hôpital et, disait-on, il était aux ordres de la Gestapo. En revenant, tard dans la nuit, du lit du Dr Lustig, Greta exhibait ses suçons et ses hématomes avec une fierté mêlée de dégoût. Fière parce que chacun de ces bleus était le signe d'une victoire remportée dans sa lutte pour la survie, qui prenait la forme d'un combat sans pitié entre elle et une autre infirmière qui concourait elle aussi pour les faveurs du Dr Lustig. Celui-ci leur avait clairement fait comprendre que seule l'une des deux serait épargnée, c'est-à-dire exemptée de *Transport* ; ce fut à la fin Greta qui l'emporta. Son dégoût, elle s'en débarrassait en chantant des rengaines allemandes, *So einen Mann vergisst man nicht, und andere küsst man nicht.* « Un homme pareil on ne l'oublie pas et les autres on ne les embrasse pas. » Son humiliation, elle l'oubliait en rêvassant, en chantant et en évoquant l'amour de sa vie, un jeune médecin juif qui avait pu émigrer à temps aux États-Unis… *Und andere küsst man nicht.*

La petite observait tout, absorbait tout, et se sentait exclue. Elle ne reverrait pas le nid d'écureuil, elle le savait, mais il n'y avait pas non plus de place pour elle dans le monde de l'hôpital juif. Là non plus elle n'avait aucun droit de séjour. Les autres la traitaient gentiment, parfois comme leur mascotte, mais elle ne faisait pas partie de leur communauté, elle ne faisait partie d'aucune communauté. Sa tentative pour rejoindre le monde des damnés via le lit de Hans fut un lamentable échec. Deux jours auparavant, Hans avait été attaqué au couteau par l'un des Juifs qu'il était censé aller chercher ce matin-là et qui avait décidé de vendre cher sa peau. Hans l'avait désarmé et tué. La nuit où elle le rejoignit, il souffrait atrocement de sa blessure et, après une vague tentative non concluante, avec un mélange de soulagement et de tendresse, il déclara dans un éclat de rire : « Hé non, fillette, faut croire que Dieu n'est pas d'accord pour que ça se fasse ! »

Avec son frère Heinz, cependant, ça s'était fait. Maigre et roux, Heinz avait la larme facile et était assailli de terribles remords. Elle le réconfortait de son mieux, mais n'avait guère que son corps à lui offrir. En secret, elle méprisait Heinz l'éploré et admirait Hans l'ange déchu.

Hôpital juif de Berlin, antichambre de l'enfer. C'était là que la Gestapo parquait les quelques Juifs qui subsistaient encore dans la ville et qu'on souhaitait pour diverses raisons épargner encore un peu. Il y avait là des Juifs de nationalité étrangère, des demi-Juifs non encore catalogués comme *Mischling,* « race mêlée » au premier ou au second degré, des personnalités célèbres à l'étranger, des hommes décorés des plus hautes distinctions militaires pour bravoure face à l'ennemi lors de la grande Guerre. Quelques malades physiques ou mentaux complétaient la cohorte, comme cette femme détenue dans le service fermé du deuxième étage dont les cris de paon résonnaient toute la journée dans la cour de l'hôpital, ou encore les jumelles Lea et Rea qui jouaient calmement avec leurs doigts dans leur lit à barreaux du service pédiatrique. Elles étaient âgées d'environ un an, mais si dénutries qu'elles tenaient à peine assises. C'était l'une des tâches de la fillette que de les nourrir à la cuiller d'une espèce de bouillie à base de vieux croûtons de pain et quelquefois, rarement, Lea ou Rea lui souriait ; elle avait alors une pensée fugace pour les petites sœurs restées dans le nid d'écureuil. Ces jumelles-ci étaient nées à une époque où tous les enfants juifs étaient tenus de porter des prénoms juifs, et ceux qui étaient déjà nés devaient ajouter Sara ou Israël à leur nom d'usage. Cordelia, Maria, Sara – quelqu'un lui avait dit que Sara signifiait reine, mais elle n'en éprouvait aucune fierté.

Tous les jours, la Gestapo, les SS et leurs hommes de main passaient à l'hôpital pour voir le Dr Lustig. Parmi les visiteurs figurait une belle jeune femme juive que tout le monde traitait avec obséquiosité car son gagne-pain consistait, on le savait, à dénoncer les gens. Elle remontait la trace de Juifs cachés, *untergetaucht*, et les livrait à la Gestapo. Un jour, le masque d'élégance assurée tomba, la jeune femme voulut s'expliquer, supplia qu'on lui témoigne un peu de compréhension, qu'on lui pardonne même, peut-être. Elle révéla en pleurant que la délation était le prix à payer pour qu'on épargne ses vieux parents. Confession inutile. Des notions telles que le péché et la culpabilité n'avaient plus cours à l'hôpital juif de Berlin, elles avaient perdu leur sens et leur valeur, mais peut-être, songeait la petite, y avait-il malgré tout une grâce possible à attendre, un ultime recours quelque part ? Oui, la grâce existait sans doute, elle devait exister. Et où existerait-elle sinon dans ce lieu où elle se trouvait à présent échouée ?

Entre-temps, il s'agissait de vivre et de survivre, à n'importe quel prix. Tout le monde couchait avec tout le monde, les armoires de la pharmacie centrale étaient vides depuis longtemps, les cigarettes faisaient l'objet d'un florissant marché noir, rumeurs et ragots se colportaient à la vitesse du vent grâce au *jüdische Mundfunk,* la « radio juive du bouche à oreille », et on vivait, survivait, ainsi jusqu'au convoi suivant, puis au suivant... Pas besoin qu'une main surnaturelle s'emploie à tracer le message en lettres de feu sur le mur, le rappel quotidien était là, inscrit à même la chair et l'os, à même la pierre et le béton, sur les uniformes noirs des SS et les imperméables de la Gestapo, cette vision familière mais toujours aussi terrifiante, est-ce moi qu'ils viennent chercher cette fois-ci ? Les Juifs qui étaient emmenés, *abgeholt*, partiraient par le prochain convoi. En attendant, ils étaient rassemblés à part dans l'un des bâtiments de l'hôpital.

Son tour était donc venu. Hans et Heinz – ce furent eux qui vinrent la chercher et qui lui firent gravir, d'une main douce mais ferme, les marches de l'escalier du service pédiatrique jusqu'au service fermé où l'on parquait les malades mentaux et aussi, dans un premier temps, les futurs déportés. Debout derrière la fenêtre grillagée de la petite pièce où ils l'avaient enfermée, elle pleurait et lançait des appels déchirants. Quelqu'un devait prévenir ses parents, suppliait-elle. Elle voulait leur dire au revoir ! Les parents vinrent le soir même. Entre-temps elle avait été transférée dans le bâtiment d'où devait partir le convoi quelques heures plus tard à peine. À ce moment-là elle ne pleurait plus. La mère lui donna en cadeau d'adieu une petite croix ancienne en argent qu'elle cousit dans le rembourrage de l'épaule de son manteau ; les parents dessinèrent, du pouce, le signe de la croix sur son front. Pour la protéger et la sauvegarder – dans cette vie ou dans l'autre ? Et de quoi la croix était-elle le signe ? Sacrifice ou rédemption ? Elle l'ignorait, mais ces deux choses n'étaient-elles pas indissolublement liées, mêlées, enchevêtrées ? Comme les jumeaux dans le ventre de leur mère, comme l'eau et le vin du Saint Sacrement, comme l'amour et la souffrance, comme la vie et la mort. Mais elle savait qu'il n'y avait plus de retour possible désormais, elle avait été à jamais distinguée, séparée et mise de côté ; non pas rejetée, mais élue. Cela, elle voulait encore le croire.

Était-ce là ce que ressentaient les saints et les martyrs lorsqu'ils montaient au bûcher en chantant ? Et que faisaient-ils alors de leur peur tremblante, de leur suffocation d'angoisse, de leur isolement, de leur détresse et de leurs larmes ? Ils faisaient sans doute comme elle : ravalaient ce qui devait l'être afin de donner du sens à ce qui n'en avait pas. Ils apprenaient à faire de la soumission un acte : au lieu de se résigner à leur sort, ils le reprenaient à leur compte et le faisaient leur. Jamais on ne pourrait dire d'elle : « En larmes, elle fut arrachée aux bras de sa mère et traînée à Theresienstadt. » Non, un jour on dirait plutôt : « Voici quel fut le destin de Cordelia, Maria, Sara. Un destin qu'elle eut la force de porter. Seule. » Oui, c'était sans doute là ce que désirait la fillette.

Est-ce là ce que vit la mère ? Ce qu'elle perçut et qu'elle décrirait par la suite à une amie, dans une lettre où elle lui racontait ses adieux à sa fille ? Oui, cette partie-là, elle la vit sûrement, car la mère voyait ce qu'elle avait la capacité et le courage de voir. Quant à la peur, à la sueur d'angoisse, à la solitude et aux larmes ravalées – Mère, pourquoi m'as-tu abandonnée ? – qui poursuivraient sa fille tout au long de son existence, tout cela ne rattraperait la mère que dans les cauchemars sans défense de la nuit. Mais dans la lettre à l'amie, elle écrivit : « Nous l'avons trouvée parfaitement maîtresse d'elle-même et, oui, j'irais même jusqu'à dire joyeuse et *zuversichtlich*, confiante, car en premier lieu ce n'était tout de même « que » Theresienstadt, pas la Pologne, et ensuite elle embarquait à bord du train au titre de personnel médical accompagnant avec sous sa garde deux enfants et un nourrisson, d'ailleurs elle portait déjà l'uniforme d'infirmière et le petit calot, ce qui la remplissait, je crois, d'une grande fierté. »

23

Marek et Halinka – Halinka surtout. Les premières personnes qu'elle vit et, dans le cas de Halinka, qu'elle aima peut-être, après les ténèbres qui avaient failli l'engloutir. Marek et Halinka qui, en découvrant sa présence et en la *voyant*, lui confirmèrent son existence, lui insufflèrent la force et la volonté de respirer, qui dégivrèrent son âme gelée et lui donnèrent un visage humain.

Du transport vers Theresienstadt, elle ne garderait par la suite aucun souvenir, à part la souffrance sur le visage hâve et barbu du vieillard malade couché sur le sol (étaient-ce déjà des wagons à bestiaux ? Ou des trains ordinaires ?). Et elle, si effrayée, si maladroite, s'était vu confier la tâche de s'occuper de lui et de son cathéter.

À leur arrivée à Theresienstadt, les ténèbres sont déchirées par la lumière violente des lampes à arc et par les chefs SS aboyant leurs ordres : l'argent et tous les objets de valeur doivent être remis sur-le-champ, le moindre oubli sera sévèrement sanctionné. Elle a très peur dans la file d'attente devant les longues tables où des détenues, des femmes, fouillent les bagages et les corps des nouveaux arrivants. Quand vient son tour, elle remet docilement la croix d'argent cousue dans son manteau. À sa grande surprise, elle est autorisée à la garder, peut-être n'est-ce pas de l'argent véritable, mais à présent elle a du moins bonne conscience. Sans hésiter, elle tend son grand sac à main à la femme qui lui fait face et qui aussitôt en découpe l'intérieur d'un geste expert. Horrifiée, elle la voit tirer d'une cachette ménagée entre doublure et carton plusieurs liasses de billets de cent marks ainsi qu'une poignée de feuillets couverts d'une écriture serrée. La détenue appelle un SS qui ordonne le transfert immédiat de la fillette à la prison du camp. C'est sans doute à ce moment que les ténèbres l'engloutissent.

Non seulement elle est malade de peur à l'idée du châtiment inconnu qui va s'abattre sur elle à présent, elle sait aussi qu'il ne sera pas tout à fait immérité. Il est vrai qu'elle n'avait aucune idée de la présence de cet argent et de ces papiers dans le sac. Mais tout aussi vrai que ce sac, elle l'a chapardé sans autorisation dans les combles de l'hôpital juif de Berlin. Le personnel soignant avait l'habitude d'y monter de temps à autre ; c'était là qu'étaient conservées les affaires des patients décédés ou disparus, et on trouvait toujours quelque chose qui pouvait servir. Pour sa part elle avait emporté ce sac à main, ainsi que sa première paire de souliers à talons hauts. Quelqu'un lui raconta que le sac appartenait à une femme qui devait faire partie d'un convoi, mais qui avait fait une tentative de suicide à la dernière minute et était morte à l'hôpital. Cela étant, elle savait bien au fond d'elle qu'il était défendu de prendre des affaires dans les combles. Une fois encore, elle méritait donc sa punition, au moins en partie, car elle avait fauté, elle était fautive. Faussée, déficiente, défectueuse. Depuis le début.

Au cours des longues heures d'interrogatoire, c'est cette histoire qu'elle va raconter au vieux Juif aimable et triste qui fait office de juge d'instruction à Theresienstadt. On finit par la croire. Car on a aussi découvert entre-temps quelques preuves de son innocence. Le sac à main était initialement pourvu d'initiales en métal doré qu'elle avait décousues car elles ne correspondaient à aucun de ses noms à elle. Or leur empreinte était restée gravée dans le cuir. Et les feuillets, qui s'étaient révélés être des listes de fourrures, d'objets, de biens de toute sorte accumulés au cours d'une longue vie, étaient signés des mêmes initiales.

Elle fut donc autorisée à quitter la prison et envoyée dans un bâtiment de l'ancienne caserne où étaient rassemblés les enfants et adolescents orphelins. Elle tomba aussitôt gravement malade, sans doute une pneumonie, et s'enfonça plus profondément dans ses ténèbres. Mais à présent, elles ne l'effrayaient plus, au contraire, elles lui faisaient comme une cape d'invisibilité protectrice qui la dissimulait et la réchauffait, et dont le maillage serré ne laissait rien pénétrer des bruits et visions pénibles du dehors.

Elle ne fut cependant pas autorisée à demeurer longtemps dans ce cocon. Sa cape d'invisibilité lui fut ôtée, au sens littéral, car on lui découvrit des poux, peut-être attrapés à la prison ou déjà à l'hôpital juif de Berlin, quoi qu'il en soit cette impureté fut pour elle une source de grande honte et d'opprobre car, grâce aux efforts du personnel juif du camp, il n'existait à cette époque pour ainsi dire plus de vermine susceptible de répandre la maladie et la mort à Theresienstadt.

On lui coupa les cheveux. Par la suite, une infirmière vint chaque jour lui passer le peigne à poux et vérifier que les quelques centimètres restants ne portaient plus de lentes. Quel n'était pas son tourment de devoir reprendre place chaque jour sur le tabouret sous la fenêtre et d'endurer la dégradante procédure sous les regards curieux et méprisants des autres filles ! Il lui semblait que celles-ci l'évitaient. Elles ne voulaient sans doute pas attraper ses poux. La lèpre, encore, sous une autre forme.

Puis survint Halinka, qui la hissa hors des ténèbres et la fit entrer dans la ronde des enfants et adolescents qui se tenaient par les épaules pour une *hora* endiablée pleine de défi, de nostalgie et de passion – cette danse populaire que pratiquent leurs frères et sœurs là-bas au loin, sous le ciel sans nuages de la liberté, là-bas en Palestine, où « David roi d'Israël » dansait au centre du cercle et chaque petite Sara devenait une reine.

À Prague déjà, Halinka faisait partie d'un mouvement de jeunesse sioniste, et à Theresienstadt, dans le bloc des enfants, elle était devenue la cheftaine d'un groupe de filles à qui elle enseignait l'alphabet hébraïque ainsi que les chants et les danses « de là-bas », en évoquant avec confiance le jour où « on » œuvrerait « tous ensemble » à édifier « notre » pays. La petite ne comprit sans doute pas grand-chose sur le moment et s'en souviendrait encore moins par la suite, mais le sentiment d'appartenance était neuf, bouleversant et merveilleux. Elle faisait partie du groupe ! Halinka lui avait ouvert une porte qu'elle avait crue fermée à jamais.

Elle se rappelait la dernière fois où elle s'était tenue devant cette porte sans oser frapper. Petite fille aux allumettes grelottante et pleine d'espoir, elle avait alors dix ou onze ans, elle était hospitalisée à cause d'une scarlatine carabinée. Circonstances aidant, on l'avait envoyée à l'hôpital juif de Berlin, où elle partageait sa chambre avec une fille un peu plus âgée qu'elle, qui appartenait elle aussi à un mouvement de jeunesse sioniste. Les camarades de la jeune pionnière venaient lui parler par la fenêtre, riant, plaisantant, discutant ensemble de sujets sérieux et profonds, et prononçant parfois des mots dans une langue secrète. C'étaient des mots d'hébreu dont ils truffaient fièrement leur dialecte berlinois mais cela, elle ne pouvait évidemment pas le savoir. Elle se sentait simplement terriblement isolée, exclue, elle qui n'était jamais autorisée à participer, elle qui n'appartenait à rien ni à personne – comme en témoignait le fait qu'elle n'avait par exemple jamais obtenu la permission de rejoindre la Ligue des Jeunes Filles Allemandes.

À Theresienstadt, enfin, elle put s'intégrer. Au début, les autres se méfiaient d'elle, et pas seulement à cause des poux. Elle ne cachait guère qu'elle n'était pas des leurs, qu'en sa qualité d'Allemande catholique elle était là « par erreur » parmi les filles juives, telle la princesse au milieu des trolls de la forêt. Oui, elle voulait participer, mais à ses propres conditions. Halinka, elle, ne prêta aucune attention à cet embrouillamini de messages contradictoires et, ne voyant en elle qu'une enfant seule et abandonnée, l'entraîna dans la ronde. Elle lui octroya même des privilèges spéciaux : elle fut ainsi autorisée à quelques reprises à raccompagner Halinka « chez elle ». « Cest-à-dire dans un recoin de grenier que Marek et elle avaient arrangé à leur goût. Une oasis où le désert fleurissait rien que pour eux ; et où elle fut autorisée à leur rendre visite. Franchissant le cercle magique que ces deux-là avaient tracé autour de leur amour, elle entra dans une lumière chaude où Halinka lui parla longuement de ce merveilleux miracle qui lui était arrivé et qui avait pour nom Marek. Tous deux étaient originaires de Prague, mais ils s'étaient rencontrés là, à Theresienstadt. Avec ses vingt-deux ans, Halinka était un peu plus âgée que son amoureux et porteuse d'un « passé » qui l'inquiétait. Elle aurait tant voulu que Marek soit « le premier » ! Cet ardent désir de pureté, elle le comprenait très, très bien. Quoi qu'il en soit, Halinka se consolait à l'aide de ces quelques vers qu'elle avait tracés d'une écriture pleine d'arabesques et offerts à Marek.

Du bist nicht mein Erster	Tu n'es pas mon premier,
Du musst schon verzeihn	comprends-tu, rien à faire
Aber mein Letzter	Mais si ça peut te plaire
Der könntest Du sein !	tu peux être mon dernier !

Marek fut-il « le dernier » pour Halinka ? Sans doute. Mais pas de la façon qu'elle avait imaginée, comme cet homme avec qui elle aurait des enfants, dont elle prendrait soin, aux côtés de qui elle vieillirait au soir d'une longue vie remplie de souvenirs partagés. De préférence bien sûr en Palestine.

Quelques mois après son arrivée à Auschwitz, la fillette apprit par la rumeur l'arrivée d'un convoi en provenance de Theresienstadt. Peut-être y aurait-il parmi les nouvelles arrivantes un visage connu ? Elle se rendit à la baraque inoccupée, celle qui n'avait pas de châlits parce qu'elle servait aux sélections internes. Les femmes en provenance du convoi étaient recroquevillées les unes contre les autres sur le sol en ciment et, parmi elles, elle découvrit une Halinka tremblante et secouée de sanglots.

Seul Marek avait été destiné à ce convoi, lui révéla-t-elle entre deux hoquets. Halinka s'était portée volontaire pour être avec lui. Mais ils avaient été séparés dès leur arrivée et elle ignorait tout du sort de son Marek, son chéri mince et frêle.

Ce soir-là, la fillette revint en cachette avec un chandail et une écuelle de soupe pour Halinka. (Plus tard dans sa vie, elle nourrirait l'espoir que ce geste puisse éventuellement être porté à son crédit, tel l'oignon de la paysanne russe pingre et méchante, cet unique oignon qu'elle avait offert un jour à un affamé, et qui lui valut d'être hissée hors de l'enfer, cramponnée à sa tige.)

Le lendemain matin, la baraque était balayée et vide comme si elle n'avait jamais abrité le moindre être vivant. La trace de Marek et de Halinka s'arrête là.

24

Mengele et Mandel, Mandel et Mengele, la blonde *Lagerführerin* Maria Mandel, surveillante en chef à Auschwitz-Birkenau, et le brun Dr Mengele qui se chargeait des sélections. Le roi et la reine du royaume des morts où avait été conduite la fillette. Pourquoi ? Elle ne le comprit jamais, ne posa d'ailleurs même pas la question. Quelqu'un l'avait appelée, afin qu'elle suive l'appel et obéisse à sa vocation. Qui avait envoyé Proserpine servir le seigneur du monde d'en bas ? C'était sans doute ainsi qu'elle vivait les choses. Elle n'était ni victime ni bourreau. Elle avait été envoyée, simplement, pour servir et être utilisée jusqu'au bout, jusqu'à devenir aussi lisse et usée qu'une monnaie de cuivre ; un miroir trouble capable de refléter l'indicible.

Elle se déplaçait au milieu d'un brouillard gris. Gris le visage des détenues, grises leurs loques, grise la soupe aqueuse, gris le pain, d'une grisaille muette qui l'eût étranglée de ses longs doigts maigres et gris s'il n'y avait eu, par contraste, la noirceur étincelante des seigneurs. L'uniforme noir impeccable de Mengele, ses bottes noires étincelantes, un seul coup de pied appliqué au bon endroit sur le réseau bleuté des veines de la tempe pouvait tuer un être humain. Elle le savait d'expérience pour l'avoir vu.

Le poème, le conte et la chanson se taisaient en ce lieu (même s'ils lui seraient à nouveau offerts, plus tard). La grisaille vide la remplissait à ras bords. Rien. Personne. Ni être humain, ni chose, ni vie ni, encore, mort. Ni faute, ni foi, ni espoir, ni amour. Amour moins que tout. Mots tombant comme des cailloux morts dans l'insatiable Rien sans fond. Ni haine ni rage. Qui haïr, contre quoi déverser sa colère dans ce pays de rien ni de personne ? Pas même la douleur ne trouve à s'enraciner dans le brouillard gris du Rien. La douleur ne peut prendre racine que chez les humains, arrosée par des larmes humaines.

Mais elle était encore capable de voir et d'interpréter les signes de la colère, de la douleur et, oui, de l'amour, chez les autres ; ainsi que les actes auxquels ils donnaient lieu.

*

À l'arrivée des derniers convois à Auschwitz-Birkenau, les femmes du *Schreibstube* étaient à leur poste. C'étaient leurs propres mères, leurs pères, leurs frères et leurs sœurs qui arrivaient à présent, en cette dernière année de guerre, et les femmes du *Schreibstube* étaient déchirées, suffoquées par une rage qu'il leur fallait ravaler et nier. *Jawohl Herr Oberstrurmbannführer. Jawohl Frau Lagerführerin.* « Oui, monsieur le commandant. » « Oui, madame la cheffe de camp. » Au début de la guerre, elles s'étaient portées volontaires pour faire partie d'un convoi de « travail », en échange de quoi on leur avait promis que leur famille serait sauve. Cette promesse était à présent reniée. Leur sacrifice avait été vain. Leur survie n'avait plus de sens. Chaque trahison, chaque cruauté, chaque ignominie commise au nom de retrouvailles imaginaires revenait à présent leur ricaner à la face. Quand elles arrachaient brutalement un nourrisson des bras de sa grande sœur, quand elles détachaient un enfant de la main de son frère pour le donner plutôt à sa grand-mère, quand elles bousculaient des jeunes femmes en criant, en les frappant parfois, pour les faire avancer plus vite dans la file jusqu'à Mengele, était-ce la haine ou l'amour qui les poussait ? Le savaient-elles elles-mêmes ? Ou savaient-elles seulement qu'elles étouffaient sous le poids des mots qu'elles auraient voulu hurler, en un cri aussi long que la voie de chemin de fer et aussi haut que les cheminées des crématoires : « Passe la gosse à sa grand-mère ! Dans les deux cas elle sera brûlée ! Tu es jeune, ma sœur, sans un marmot à la main ou dans les bras tu as une chance de survivre. De vivre ! Comme moi ! Paie le prix et survis ! Comme moi ! »

Mais cela, elles ne le pouvaient pas. Seulement marmonner quelques paroles rapides à propos des enfants et des vieux qui partaient pour un autre camp où le travail était plus léger et la nourriture meilleure. Ça vaut mieux pour les enfants… Il faut le faire pour les enfants… Et à ce moment encore, en cette dernière année de guerre, les nouvelles arrivantes les croyaient. Puis se hâter vers Mengele : « *Herr Oberstrurmbannführer*, ma sœur… ma cousine… sans enfant… »

Plus tard, une fois en sécurité de l'autre côté du portail du camp de travail, *Arbeit macht frei*, quand nulle ne pouvait ni ne voulait plus leur cacher la vérité, ces jeunes mères ne manifestaient aucune gratitude d'avoir été « sauvées » pour prolonger une vie qui ne leur servait plus à rien. Il arrivait que l'une ou l'autre d'entre elles se faufile dehors pendant la nuit et se jette contre les barbelés à haute tension afin de retrouver l'enfant qu'elle n'avait pas pu accompagner jusqu'au bout.

25

Muette, la fillette voyait et enregistrait. Sans colère, ni douleur, ni étonnement. Cela ne l'atteignait pas. Cela ne pénétrait pas en elle car il n'y avait pas de place pour ça, car elle était emplie par la grande grisaille du Rien. Parfois il lui arrivait de se demander vaguement qui l'avait envoyée servir dans cet endroit, le royaume des morts. Mais au fond d'elle, elle savait. C'était tellement clair.

À leur arrivée à Auschwitz, on leur avait tatoué le matricule qui remplacerait désormais leur nom, *Schutzhäftling A 3907 meldet sich zur Stelle* « La détenue de protection A 3907 se porte présente », et tous leurs biens leur avaient été confisqués. Pour une raison ou une autre, le convoi dont elle faisait partie était entré dans le camp sans avoir été préalablement « trié », on s'occuperait de la sélection plus tard. Bagages légers, sacs à main et autres avaient été laissés dans le bureau de la cheffe de bloc, elles ne devaient rien garder à part les vêtements qu'elles avaient sur le dos. Le lendemain matin, quand elles furent chassées dehors pour leur premier appel, toute trace de leur existence d'avant avait disparu. Mais, remarquant au passage un bout de papier oublié sur le sol pourtant bien balayé de la baraque, la petite se pencha mécaniquement pour le retourner. C'était le portrait de sa mère. La photographie l'avait suivie jusque-là. Sa mère si belle contemplait sa fille d'un regard empli d'amour et de douleur impuissante. Alors elle pleura comme jamais encore elle n'avait pleuré, et comme elle ne pleurerait jamais plus. Pas de cette façon-là.

26

Au fil des jours et des nuits, les cadavres de femmes empilés le long du mur latéral de la baraque formaient un tas de plus en plus haut. Celles qui mouraient après l'appel du soir étaient couchées nues au pied de la pile pour être comptabilisées lors de l'appel du matin. La fillette savait à présent ce que signifiait l'étrange puanteur douceâtre qui pesait sur le camp, « comme de la saucisse grillée » avait-elle fait remarquer à quelqu'un le premier jour. Et elle savait aussi ce qu'étaient les « cheminées d'usine ».

Dès le lendemain de leur arrivée dans le camp, les nouvelles venues, jusque-là épargnées, apprenaient la vérité de la bouche des autres détenues. Sur un ton de joie mauvaise, amère et désespérée. « Ah bon, vous pensiez qu'on vous envoyait dans un camp de travail ? Eh bien voilà ce qui vous attend après la sélection. »

*

Mais avant la sélection venait la fouille au corps. Les femmes devaient se mettre nues et remettre aux autorités tout ce qu'elles gardaient dissimulé sous leurs vêtements. La petite jeta sur le tas le portrait de sa mère. Mandel, la surveillante en chef, faisait rageusement claquer son fouet entre les femmes nues au cas où l'une d'entre elles aurait eu l'idée de dissimuler encore quelque chose. *Los, los, schnell machen, Mistbienen !* « Plus vite, magnez-vous le train, mouches à merde ! » La langue du camp sifflait de la même façon que le fouet.

Puis les femmes étaient poussées vers l'intérieur de la baraque où elles devaient se coucher à tour de rôle sur une table pour y être examinées. La femme-médecin, une détenue, enfonçait ses doigts dans le vagin et le rectum de chacune à la recherche de fœtus et d'objets de valeur. Dans les deux cas cela signifiait la mort. Debout à côté de la table, Mandel surveillait la procédure.

Celle qui précédait la fillette dans la file était une jeune femme d'une beauté frappante. Tout en la fouillant, la femme-médecin échangea quelques mots avec Mandel. Lorsqu'elle fut autorisée à se relever, Mandel lui tapota aimablement l'épaule : « Alors comme ça, tu es encore vierge. Très bien, *sehr schön.* »

La petite eut honte en grimpant à son tour sur la table. On allait découvrir qu'elle-même ne l'était plus – pourtant elle avait plusieurs années de moins que la jeune femme et elle n'était pas de loin aussi belle qu'elle.

*

La sélection. Les femmes savaient à présent ce qui attendait celles à qui on disait d'aller à droite et celles qui devaient aller à gauche. Droite ou gauche, gauche ou droite, elle se prit à penser à une rengaine que chantait la vedette de cinéma et idole des nazis Zarah Leander, dans un film sur Marie Stuart. *Ein schwarzer Stein, ein weisser Stein, so muss des Lebens Kette sein...* « Un caillou noir, un caillou blanc, ainsi va la chaîne de la vie... » Mais la reine, au moins, n'était pas nue dans la tour où elle chantait en attendant son arrêt de mort.

Les femmes formaient une longue file. Chacune devait se présenter devant Mengele qui, nonchalamment assis sur le bord d'une table, s'amusait à tapoter sa jambe bottée avec son fouet. Ou alors c'était un autre SS. La petite ne voyait pas clair, elle pensait uniquement à se tenir droite et à le regarder dans les yeux le moment venu en irradiant la force physique et l'ardeur à la tâche. Cela lui réussit. Il hocha la tête et dit d'un air approbateur : *Bist noch jung, kannst noch arbeiten.* « Tu es encore jeune, tu peux encore travailler. » La fillette alla à droite.

Le sort des autres était littéralement scellé dans leur dos. Mengele, ou un autre, les examinait un instant puis, quart de tour à droite, marche au pas de l'oie jusqu'à un autre SS qui se tenait quelques mètres plus loin, hors du champ de vision des détenues, il faisait un geste : pouce levé ou baissé. Quelques-unes essayaient de se faufiler discrètement de l'autre côté, une mère voulait retrouver sa fille, une sœur sa sœur, mais toutes ces manœuvres étaient démasquées et les femmes chassées sous les coups, pleurant et criant, vers le côté qui leur avait été assigné.

27

La rue du camp s'étend, vide, poussiéreuse et grise sous l'impitoyable soleil d'août qui consume tout. Épuisées, éreintées, haletantes, les détenues se terrent dans les baraques. Au *Schreibstube* chacune a sa couchette, mais dans les autres blocs ce sont des renfoncements creusés à même le mur où les femmes se recroquevillent avec leur croûte de pain économisée ou volée, avec leurs plaies, leur vermine et la dernière lueur désespérée de vouloir-vivre qui s'amenuise. Dans la baraque de l'unité punitive, il y a des châlits. Et comme on est dimanche, les femmes échappent aux travaux forcés, et il n'arrive pas non plus de convois. Un silence paralysant pèse sur Auschwitz-Birkenau. Un silence de mort.

Elle se sent seule et agitée, ce silence la menace, c'est comme s'il parvenait à s'infiltrer dans le grand Rien tout gris par de minuscules fissures invisibles. Alors il pourrait bien finir par y faire un trou, qui pourrait à son tour être rempli par Quelque Chose, elle ne sait pas quoi, mais elle voit le trou s'agrandir, et il a la forme de la bouche béante du *Cri*, ce tableau de Munch. Oui, c'est là qu'habite le cri, le cri sauvage, libérateur et mortel qui ferait voler en éclats la boule de verre dans laquelle elle vit. Cela ne doit pas se produire, à aucun prix, car alors elle sera perdue sans recours, alors elle deviendra *Muselman*. C'est ainsi qu'on appelle les détenus qui décident littéralement de rendre l'âme. Les yeux grands ouverts, ils se couchent et attendent la mort. Et la mort vient. Silencieusement, insensiblement, elle vient, mais nul ne saurait dire à quel moment le *Muselman* franchit la limite entre vie et mort, ses battements de cœur sont si ténus, sa respiration ne soulève même plus ses côtes squelettiques. Le dernier souffle du *Muselman* est imperceptible. Une pichenette qui expédie son poids-plume vers l'éternité.

*

Non, il ne faut à aucun prix que cela se produise, mais qui, ou quoi, aurait le pouvoir de l'en protéger ? Parmi les femmes du *Schreibstube*, aucune ne se soucie d'elle, les autres la tolèrent mais la voient à peine, elles sont tellement plus âgées et sont là depuis tellement plus de temps, chacune a bien assez de ses propres soucis. Et la fillette n'a plus le moindre poème, le moindre conte pour la nourrir et la consoler. Le Rien vorace les a tous avalés.

Alors elle tourne autour d'une image issue de la réalité qui l'attire et l'effraie, elle n'ose pas l'effleurer. Pourtant l'image est si belle, et remplie d'une ineffable nostalgie, un peu comme ces tableaux où la mère de Dieu est représentée sur un fond d'or où se détachent des villes miniatures avec leurs jardins et leurs habitants qui mènent leur petite vie protégée, là, dans le tableau, nimbés du rayonnement de la Mère et de l'Enfant. Pourtant l'image est dangereuse et doit – mais ne peut pas – être écartée.

Voici quelle est l'image :

Une belle femme blonde se tient devant Mengele, ou peut-être un autre SS aux bottes noires luisantes. Elle serre une enfant contre elle. L'enfant, qui peut avoir huit ou dix ans, est debout elle aussi, et la femme la serre dans ses bras de toutes ses forces, si bien que les deux, la femme et l'enfant, ont l'air de sœurs siamoises.

Comment la mère a-t-elle réussi à faire entrer son enfant dans le camp ? La petite l'ignore. Elles sont peut-être arrivées par l'un de ces convois « non triés » de Theresienstadt et elle a réussi à cacher la gamine – pour un temps. Le SS semble bien connaître la femme car il l'appelle par son prénom. Il argumente, essaie de la convaincre de sauver sa peau en se séparant de l'enfant, l'enfant condamnée. La mère refuse. À la fin la mère et l'enfant sont escortées hors du camp par un gardien. Franchissant le portail dans l'autre sens, elles avancent le long de la route rectiligne qui mène aux chambres à gaz. La femme tient son enfant par la main, elle est très droite mais se penche de temps à autre pour murmurer quelques mots à la petite. Il y a encore tant à dire et la petite, confiante, trottine à côté d'elle et ne fait pas de scène, elle ne semble pas du tout avoir peur. Peut-être la mère lui parle-t-elle de l'oisillon blotti sous l'aile de sa maman et de l'enfant qui repose en sécurité entre les bras de sa mère.

*

Elle sent quelque chose de pointu qui cherche à compresser le Rien pour en faire Quelque Chose, lui donner une forme et un contenu. Il ne faut à aucun prix que cela se produise, elle doit fuir, fuir, se sauver. Mais où ? Auprès d'Elsa. Dans la baraque de l'unité punitive. Elsa fait partie des non-Juifs « asociaux » qui ont un triangle noir à côté du matricule cousu sur leur chemise rayée. Peut-être prostituée, peut-être autre chose, en tout cas elle est originaire de Berlin et rappelle à la petite les gentilles bonnes à tout faire du nid racontant leur dernière soirée de congé en date et leurs aventures au Resi, un dancing qui a des *téléphones de table*, ce qui ouvre des possibilités inédites de faire des rencontres intéressantes.

Elle pousse la lourde porte de la baraque de l'unité punitive et cherche du regard Elsa – silhouette élancée, poitrine haute – en espérant ne pas la trouver en compagnie de sa copine, une femme osseuse, plate et désagréable qui n'aime pas les visites sporadiques de la petite – surtout quand Elsa s'amuse à lui faire des câlins tout en lorgnant sa copine avec défi. Or l'autre est bien là, sur la couchette d'Elsa. La fillette hésite, mais rien à faire, il faut qu'elle voie Elsa, elle ne va pas rester longtemps, juste un petit instant, c'est tout. Les deux femmes l'aperçoivent et échangent quelques mots en étouffant un éclat de rire. Leur rire a quelque chose d'effrayant mais elles lui font signe d'approcher et l'invitent en souriant à grimper sur la couchette avec elles. « Alors, comment va ma petite demi-portion aujourd'hui ? » demande Elsa en l'embrassant. Ce surnom la ravit, Elsa est la seule à l'appeler ainsi, ce qui signifie qu'Elsa la *voit*. Elle est Quelqu'un. Peut-être pas Cordelia, Dela, mais « demi-portion », ça confirme quand même qu'elle existe.

Elle regarde avec convoitise la croûte de pain que ronge la copine avec ses dents de rat. « Tu as faim, petite ? » demande bêtement la maigrichonne. Bien sûr que oui, elle a faim, elle a toujours faim. Les deux femmes échangent un regard. Elsa se penche vers la petite et lui murmure que Maria Mandel, la cheffe de camp, se promène toujours le dimanche après-midi dans les rues du camp. Elle le sait, n'est-ce pas ?

Elle a déjà croisé Mandel, et Mandel a été gentille avec elle, pas vrai ? Et il arrive que Mandel distribue du chocolat dans le bloc des enfants, n'est-ce pas ? Là où Mengele parque les enfants juifs ou polonais pour ses expériences sur les jumeaux. Oui, elle le sait, elle y a même eu droit elle aussi. Alors, poursuit Elsa, pourquoi ne pas profiter de l'occasion pour lui demander un petit quelque chose à manger quand elle passera devant leur baraque ? La fillette hésite, mais la perspective d'une miche de pain entière, peut-être même un chou-rave et pourquoi pas carrément un bout de chocolat l'imagination ne connaît pas de limites – cette perspective la bouleverse. Elle promet que, si jamais ça marche, elle partagera avec Elsa, et aussi avec sa copine. Avant qu'elle ait pu changer d'avis, les deux femmes la poussent, doucement mais fermement, vers la porte. La voilà dans la rue déserte du camp. Mandel approche, avec ses deux bergers allemands qu'elle tient en laisse. La petite jette un regard par-dessus son épaule. Elsa et sa copine l'observent par la porte entrebâillée. Elles ont un air bizarre, traits figés, regard brillant… De faim ou d'excitation ? Soudain elle comprend que ça ne va pas du tout, la situation est complètement tordue et elle est en danger de mort. Trop tard. Mandel et ses chiens sont déjà sur elle. Vite, elle se met au garde-à-vous. Et malgré la peur qui lui noue la gorge, elle réussit à articuler sa tirade. « *Schutzhäftling A3709 meldet sich auf Stelle, Frau*

Lagerführerin, j'ai faim. » Mandel paraît stupéfaite. Puis elle éclate de rire et dit aimablement : « Ah bon ? Va donc voir à la réserve et dis-leur de te donner une miche de pain et une boîte de sardines. » La petite prend à peine le temps de remercier avant de s'enfuir en direction, non pas de la réserve, mais de son châlit du *Schreibstube*. Elle n'a plus faim et elle ne rend plus jamais visite à Elsa.

Quelque temps plus tard, elle apprend qu'au cours de ses promenades dominicales, il arrive à Mandel de choisir une détenue et de lâcher ses chiens sur elle pour la terroriser et la contraindre à reculer jusqu'à la clôture électrifiée.

28

Le rêve de la femme adulte.

Elle est de retour dans le nid d'écureuil. Tout est encore là, intact mais désert, abandonné depuis longtemps. Debout dans l'entrée, elle sent que la maison l'enveloppe, confiante. Chaque recoin, chaque détail lui est familier, et elle hoche la tête. Derrière elle, la chambre des parents, qui était aussi le bureau de Reinhold, les rares fois où il pouvait s'y réfugier avec son Augustin et trouver la paix auprès de lui. Un peu plus loin sur la gauche, le bureau de la mère, avec son secrétaire ancien et le ravissant pupitre d'écriture en porcelaine du XVIIIe siècle peint à l'or fin, cadeau du matin des noces ou *Morgengabe* offert par Reinhold à sa nouvelle épouse. À droite l'escalier qui monte vers la chambre de la grand-mère et des petites sœurs ; elle-même avait l'habitude de glisser sur sa rampe comme sur un toboggan.

Pensive et désolée, la femme s'arrête devant la petite commode Biedermeier de l'entrée, recouverte d'une épaisse couche de poussière, et y trace un dessin du bout du doigt. Tout est là, et tout est fini. C'était ainsi. Rien ne peut plus être modifié ou annulé. Elle est seule avec sa vie, gardienne des souvenirs, et « après un tel savoir, quel pardon ? »

Droit devant, ouvrant sur le jardin, la véranda vitrée où l'on prenait les repas en été. Ceux-ci dégénéraient souvent en scènes violentes car la mère, dont l'horreur des mouches confinait à l'obsession, ne lâchait pas la tapette et l'abattait à tout instant sur une main inattentive – quitte à ce que la soupe, giclant de la cuiller, aille tacher la nappe –, ou alors sur la tête, ou sur n'importe quel endroit du corps des membres de la famille, qui avalaient de travers et toussaient à qui mieux mieux. La mère n'en avait cure, toujours aussi étonnée par leurs protestations qu'elle rejetait d'un : « Mais il y avait une mouche ! » La Création entière était l'œuvre de Dieu, elle en était convaincue, à l'exception des mouches qui descendaient du Diable en ligne directe.

La femme se souvient d'un Noël où le sapin avait exceptionnellement été placé dans cette pièce, surnommée la « véranda paysanne », *Bauernveranda*, en raison de son ameublement rustique. Désavouant pour une fois ses propres canons esthétiques, renonçant à sa décoration habituelle, simples bougies et boules de verre transparentes (ou uniformément dorées ou argentées), la mère avait cette année-là enseveli le sapin sous un monceau de bretzels en chocolat, d'anges sonnant la trompette et de boules multicolores rouges, vertes, bleues, et enrobé le tout de guirlandes scintillantes. La femme croit encore sentir l'odeur du poêle à pétrole et des aiguilles de sapin, elle entend Reinhold lire l'évangile, elle voit l'oncle Heini, habit rouge et barbe blanche, arriver du fond du jardin endormi sous la neige. Un Noël de blancheur et de joie.

La porte de la véranda grelotte dans le brouillard automnal humide. Puis soudain elle s'entrouvre, et la femme voit un petit caniche noir se faufiler à l'intérieur. Il fait peine à voir, avec son maigre poil terne et son petit corps misérable. Prise de pitié, la femme va chercher un bol en terre cuite qu'elle remplit de lait et pose sur le sol. Alors le petit caniche fait demi-tour, repart en courant vers le jardin et revient peu après avec un chiot. Comme une chatte, la maman caniche porte délicatement son petit par la peau du cou. Puis elle repart et revient avec un autre ; en trois ou quatre allers et retours, tous ses petits sont rassemblés autour du bol.

La femme contemple en silence la famille caniche. Dans son sourire il y a tous les souvenirs, tout le présent et tout le passé, la tendresse, le chagrin et l'absence lancinante. Son sourire est sans trahison ni mensonge, car il ne nie ni l'amertume ni la colère face à ce monde d'où la grâce s'est absentée. Ce monde où nous sommes bourreaux, de nous-mêmes et des autres. Et sauveurs, de nous-mêmes et des autres.

Elle est revenue chez elle.

Deuxième partie

Ihr füht ins Leben uns hinein,
Ihr lasst den Armen schuldig werden,
Dann überlasst ihr ihn der Pein,
Denn alle Schuld rächt sich auf Erden.

Vous nous introduisez dans la vie,
vous laissez le malheureux devenir coupable,
puis vous l'abandonnez à sa peine,
car toute faute s'expie sur la terre.

Johann Wolfgang von Goethe

1

Elle survécut. Elle devint une survivante.

Une oubliée. Tirée, étirée par-delà la frontière qui sépare la vie de la mort. Débris flottant dans le brouillard gris du pays du Rien. Le pays qui n'existe pas, le pays de l'angoisse insaisissable, sans délivrance possible, le pays qui n'a pas de mots, et où il ne peut donc y avoir le moindre sentiment clairement défini. Tendresse et haine, douleur et joie lui parvenaient de loin, de façon confuse et amortie, comme des voix appelant dans le brouillard. À demi-aveugle, tâtonnante, elle s'orientait à la canne blanche de l'instinct, et glissait du bout des doigts sur le braille de l'existence.

Sourde aux voix humaines, elle était en revanche très réceptive aux signaux de la clôture électrifiée qui ceignait son royaume et le protégeait. À l'entrée de son champ de mines : une tête de mort. N'avance pas plus loin ! Derrière ces portes qu'il ne faut pas ouvrir, ces seuils qu'il ne faut pas franchir, habite le cri. Qu'il faut retenir, qui ne doit pas exploser. Car cette pièce aux murs tapissés de soie rouge sombre recèle aussi la glaire noire et gluante qui voudrait déborder et tout engloutir sous son flot suffocant d'impuretés.

Elle était muette. Au commencement était le verbe, mais à la fin, la cendre. En peu de temps, elle réussit cependant à maîtriser la langue des signes des vivants. Et, à sa grande stupéfaction, elle découvrit aussi, non sans une sorte de satisfaction grimaçante, que personne n'exigeait, ni ne souhaitait, en entendre davantage de sa part. Au contraire, tout ce qui s'écartait des signes et gestes convenus pouvait, apprit-elle, susciter une gêne considérable.

2

Son premier Noël en Suède.

Elle avait été invitée à le fêter chez une famille suédoise célèbre et admirée pour sa conscience morale planétaire. Elle allait donc être autorisée à partager leurs traditionnels gâteaux aux épices et leurs festivités variées. Cette perspective la réjouissait. Bien sûr que oui. Au petit matin de la Sainte-Lucie, la procession solennelle de garçons et de filles traversant les ténèbres enneigées du jardin de l'hôpital avec leurs chants et leurs cierges allumés avait été un grand moment. Quelque chose en elle avait été remué ; l'espace d'un instant, elle avait cru que le souffle ténu, vaillant, de toutes ces petites flammes triompherait de la nuit et ferait fondre le cube de glace où elle était enclose, tel un petit fossile. « Lors, sur notre seuil s'avance… », chantaient les garçons et les filles. Mais non. Le seuil ne pouvait pas, ne devait pas, être franchi. La douleur de cette promesse impossible fut cependant pour elle un cadeau inattendu qui méritait sa gratitude.

L'éclat miroitant de cette première Sainte-Lucie lui avait rappelé son voyage jusqu'en Suède. On était venu les chercher. Dans un camp de travail quelque part près de Hambourg, croyait-elle savoir, même si elle ne pouvait bien entendu en avoir la certitude. Les malades étaient parties les premières, c'était mauvais signe ; alors quand vint leur tour, elles comprirent que c'était la fin, le camp allait être *vidé*. Quelqu'un leur assura qu'elles allaient en « Suède » – sans doute pour qu'elles se tiennent tranquilles durant le transport. Ce n'était vraiment pas la peine ; avec leurs perceptions et leurs affects émoussés jusqu'à l'anesthésie, elles n'avaient pas la force d'être autre chose que calmes. Hanna la Polonaise réussit cependant à lancer une ultime plaisanterie au moment de monter dans les wagons. Voyant que, pour la première fois, on avait répandu de la paille au sol, elle annonça que leur dernier voyage se ferait apparemment en « première classe ».

La fillette n'en avait plus rien à faire. Roulée en boule dans un coin du wagon elle continua de dériver, impondérable, sur les vagues de la fièvre. Plus tard, réveillée par un brusque arrêt du train, elle s'étonna de ne pas entendre les aboiements des SS et le bruit de leurs crosses de fusil contre la paroi du wagon. Au lieu de cela, les portes s'ouvrirent en silence, comme précautionneusement. Et des silhouettes souriantes, tout de blanc vêtues, leur firent signe de descendre.

Elle voulut obéir, car ce devait être un ordre, mais ses jambes ne la portaient plus. Alors quelques-uns de ces êtres blancs montèrent à bord, un bol blanc entre les mains, et entreprirent de nourrir d'une bouillie blanche celles qui n'avaient pas eu la force de se lever. Tout était blanc, les douces créatures, les bols et même la bouillie. Alors elle sut qu'elle était morte et que ce qu'on racontait sur les blanches armées du Ciel était vrai, même si elle n'arrivait pas à voir leurs ailes.

Bien vite cependant, et à son grand chagrin, elle comprit que les anges n'étaient que des représentantes de la Croix-Rouge danoise qui les nourrissaient de crème de blé. Malgré l'insurmontable fatigue, il fallut donc continuer le combat. À l'arrivée en Suède, les réflexes acquis se révélèrent tenaces. Une fois douchées et épouillées, quand elles durent se présenter une à une devant la table du médecin et dire si elles avaient mal quelque part ou se sentaient malades d'une façon ou d'une autre, elle sut tout de suite ce qu'il fallait faire ! Se redresser et regarder le médecin droit dans les yeux en donnant toutes les apparences d'être solide et désireuse de travailler ! Cela lui réussit une fois de plus. Elle fut déclarée bien portante et autorisée à partir. Un peu plus tard, quand elle s'évanouit dans la file de la cantine et se réveilla dans un lit aux draps propres près d'une femme d'une cinquantaine d'années qui, assise à son chevet, lui caressait gentiment la main, elle devina enfin qu'elle serait peut-être autorisée à rester couchée. De préférence pour toujours.

À présent, après plusieurs mois passés dans un sanatorium près de Stockholm, elle allait donc bénéficier de sa première permission pour aller fêter Noël chez cette famille suédoise. En arrivant à la gare de banlieue où elle devait prendre le train qui l'amènerait dans le centre-ville, elle s'efforça à son habitude d'épeler tous les mots affichés afin d'en deviner le sens, et ce fut non sans une certaine fierté (avait-elle donc l'esprit vif !) qu'elle se dirigea droit vers le panneau *Ingång förbjuden* pensant que cela voulait dire la même chose que l'allemand *Eingang für Juden.* « Entrée réservée aux Juifs. » C'était là qu'elle devait aller, pour elle c'était clair comme le jour, elle n'en fut pas bouleversée, ni même effrayée. Quand on lui expliqua que cela signifiait « entrée interdite », elle fut prise de court et un peu dépitée de s'être rendue ridicule.

*

Quand elle arriva chez la famille H. – H pour *humanité*, le cœur bien ancré à gauche et battant à l'unisson des souffrances du monde, sans exclusive – la villa étincelait de mille bougies allumées. Il faisait chaud là-dedans et, avec la vilaine robe en rayonne inconfortable des services sociaux, elle fut vite en nage. On l'initia aux rites suédois, tremper le pain de seigle sucré dans le bouillon du jambon de Noël, goûter la morue macérée dans la soude, et chanter les psaumes. Elle en reconnut évidemment certains, *Stilla natt*, Douce Nuit, c'était le *Stille Nacht* allemand, et *Det är en ros utsprungen,* c'était *Es ist ein Ros entsprungen*, qu'on avait aussi chanté autrefois dans le nid d'écureuil. Mais rien de tout cela – les psaumes, la bonne odeur du sapin et des jacinthes, l'éclat des bougies – ne réussit à pénétrer en elle et à éclairer sa nuit muette. Telle une boule de noirceur méchante, telle une tache de laideur posée au milieu de cet intérieur aux couleurs claires inspiré de l'artiste national Carl Larsson, elle passa la soirée dans un coin à gâcher l'ambiance de Noël de la famille H. Non, pensa-t-elle avec haine, vous ne vous en sortirez pas à si bon compte. Joué c'est joué, les ossements des morts blanchissent et grincent au vent, ce qui a été pris ne peut être rendu, même si c'est la nuit de Noël.

Au début on fit semblant de rien. Elle apprendrait peu à peu que les Suédois étaient rompus à cet art, peut-être parce qu'ils n'avaient pas grand-chose à cacher. Ensuite Mme H. s'approcha – grande, maternelle, poitrine ample – et fit une tentative héroïque pour amadouer l'invitée. « Qu'y a-t-il, ma petite ? Ne te plais-tu donc pas ici parmi nous ? » Était-ce une prière ? Une menace ? « C'est fini maintenant, il faut oublier toutes ces horreurs. Bientôt tu seras complètement guérie et alors tout t'apparaîtra sous un autre jour ! »

Fini. Oublier. Guérie. Elle sentit le désespoir, la rage et la haine se condenser dans sa gorge en une boule de feu rougeoyante. Elle n'avait pas encore les mots, mais si elle les avait eus elle aurait crié : « Je ne veux pas être celle qui reste après que c'est fini ! Je ne veux pas guérir ! Je ne veux pas oublier ! C'est vous qui voulez "tirer un trait" et "aller de l'avant", comme vous le dites avec tant de facilité, c'est vous qui voudriez me retirer mon angoisse, la nier, l'effacer pour vous prémunir contre ma rage, mais en faisant ça c'est moi que vous effacez, les Allemands appelaient ça *ausradieren*, en faisant ça, c'est moi que vous niez, car moi, c'est cela que je suis. Aujourd'hui, en cette nuit de Noël, c'est ce que je suis ! »

Bien entendu, cela ne fut pas dit. Cela ne pouvait pas, ne devait pas être dit. Cela mettrait de très longues années à pouvoir être dit. C'est seulement après être devenue adulte et mère – mère impuissante, aveugle et aveuglée, de plusieurs enfants – qu'elle rencontra une femme aux airs d'oiseau, frêle par l'apparence, impitoyable par la force, qui voulut bien la prendre en charge, l'accompagner jusqu'aux portes de l'enfer et les franchir avec elle sans hésiter. Ensemble, main dans la main, elles descendirent au royaume des morts. L'adulte redevint la petite fille et put rencontrer les damnés face à face. Encore. Et puis encore.

Visage contre visage, elle vit. Sa Mère, Mengele, Maria Mandel, Elsa et Greta, sa grand-mère durant la sélection – elle-même, sous différentes formes.

Sa guide était une femme juive de Berlin qui avait une passion pour les chapeaux extravagants grands comme des meules de moulin. C'était quelqu'un qui osait regarder la Bête en face et dire : oui, c'était ainsi – et pire – et pire encore. Une femme généreuse et très seule, qui collait des anges en papier sur ses boîtes d'allumettes et ornait sa personne haute d'à peine un mètre cinquante de longs colliers en sautoir. Cette femme qui n'avait pas eu d'enfants devint la mère d'un grand nombre de personnes à qui elle permit de renaître. De la mère juive elle avait toute la force et la lucidité, et pas une trace de la glue sentimentale qui étouffe et emprisonne.

À défaut de mots adéquats, en cette nuit de Noël, la fillette prit une noix, qu'elle fit craquer en répliquant d'un ton mauvais à la dame : « Mais je ne veux pas guérir. Je voudrais être morte ! Comme les autres ! Et elles meurent encore. En ce moment même, Ilse est peut-être en train de mourir. »

Le silence se fit. Elle comprit qu'elle avait tapé fort et touché juste. Pourtant elle n'en éprouva aucune satisfaction. Elle en avait à la fois trop dit et pas assez, elle se faisait l'effet d'un chiot qui s'oublie sur le tapis du salon parce qu'il ignore les bonnes manières.

Pourtant elle en savait tellement plus long que tous ces gens réunis dans cette villa. Tel le hérisson, elle savait tout sur un seul grand sujet. Mais les renards, qui rôdaient autour des marches du perron sous lequel elle se terrait, connaissaient quant à eux une infinité de petites choses – et elle restait seule avec sa honte.

Après un silence pénible, la femme maternelle retrouva ses esprits et répliqua d'une voix enjouée, mais sans appel : « Ça fait peut-être un peu beaucoup pour toi, de te retrouver ici avec nous. Après tout, c'est la première fois que tu es autorisée à quitter l'hôpital. Il vaut sans doute mieux que tu montes te coucher. » Maria, la fille de la maison, la prit par la main et la fillette battit piteusement retraite vers l'escalier. Maria l'autorisa à dormir dans son ancienne chambre de jeune fille, avec ses rideaux blanc empesés et immaculés, son étoile de Noël pendue dans l'embrasure de la fenêtre et son vieux nounours posé sur le lit. La fillette jeta à Maria un regard prudent. Elle n'avait vraiment pas eu l'intention de l'embarrasser par son discours. Pas elle ! Pas Maria, qui l'avait invitée à cette fête, Maria qui avait toujours été – et était encore à présent, elle le sentait – de son côté.

Elles avaient fait connaissance en Scanie, au sud du pays, dans l'hôpital de campagne où les survivantes avaient été prises en charge à leur arrivée en Suède et où la blonde Maria était interne en médecine. Avec ses hanches larges, ses jambes solides, sa blouse blanche toujours ouverte et ses mains de garçon aux ongles rongés qu'elle gardait enfouies au fond de ses poches, Maria fut la première personne que la fillette réussit à distinguer et qu'elle autorisa à l'approcher, jusqu'à un certain point. Maria n'avait pas de mots elle non plus, mais elle avait un regard. Elle voyait. Et ses yeux gris ne se détournaient pas.

Au premier étage de la villa, une fois la petite couchée, Maria s'assit sur le bord du lit et dit : « Parle-moi d'Ilse. »

*

Oh, Ilse ! La pensée de son amie mourante emplissait la fillette d'un douloureux amour. Parmi les survivantes des camps libérées en mai 1945, Ilse était la seule à disposer d'une chambre individuelle dans le bâtiment principal. Elle était soignée dans ce qu'on appelait, avec vénération et envie, « le service privé ». Les autres étaient hébergées dans les anciens logements du personnel voués à la démolition qu'on surnommait à présent « la baraque des réfugiées ». Sauf que, songeait la petite, si on les avait autorisées à se réfugier à temps, elles n'en seraient pas là. Se réfugier, c'était déjà quelque chose, c'était un verbe actif, c'était opposer une résistance et échapper au danger. Les femmes qui peuplaient cet hôpital avaient certes changé de bloc, mais elles n'étaient pas des réfugiées.

Elles étaient des survivantes. Oubliées par hasard, rassemblées puis ramassées comme autant d'épaves sans valeur après un naufrage. Peut-être pourrait-on encore en réparer quelques-unes. Leur trouver une utilité, les employer à quelque chose. Pour sa part, la petite n'avait pas beaucoup d'espoir en ce sens.

Elle était rapidement devenue le souffre-douleur de la salle commune. Les autres étaient des femmes juives polonaises et hongroises qui la traitaient de salope d'Allemande, *deutsches Schwein*. Elle ne pouvait s'en prendre qu'à elle-même. Être élue, cela avait un prix, qu'elle était encore disposée à payer. Alors que rien ne l'y obligeait, elle avait en effet parlé de ses parents, de ses petites sœurs, du nid d'écureuil, de son passé catholique-allemand – tout ce qui la distinguait des autres filles et femmes présentes. S'étant enregistrée comme catholique à son arrivée, elle recevait même parfois la visite d'un prêtre. Mais là, elle aurait préféré lui demander de ne pas revenir la voir. Dans le pays dévasté où elle vivait avec les ossements des morts, le prêtre avait beau lui parler dans la langue des anges, ses paroles lui semblaient vaines et dénuées de sens.

C'était déplacé, ça sonnait faux, de faire tinter de paisibles cloches de messe là où ne subsistait pas un brin d'herbe qui n'eût été calciné par les flammes dansantes de l'angoisse, où aucun oiseau ne chantait plus, où pas une tombe n'avait été érigée dans le cimetière ombragé d'une église. Prétendre s'engager dans ce paysage-là armé de la « consolation de la foi » et d'arguties théologiques, ça lui paraissait repoussant à la limite de l'indécence. En tout cas, pour s'y risquer, il fallait vraiment être simple d'esprit – mais pas au sens spirituel.

Pourtant elle ne désirait qu'une chose : que A3709 soit de nouveau reconnue comme Cordelia, Dela de Berlin-Eichkamp. *Deutsches Schwein*, c'était peut-être un premier pas dans cette direction ? En même temps, elle se trouvait dans une position d'infériorité intenable. Être la plus jeune de tout le service, ça encore elle pouvait le tolérer, mais la toilette devant le lavabo de la salle commune lui était un supplice quotidien. Qu'elle se sentait donc ratée et minable ! Comme elle admirait et enviait les gros seins, les larges hanches des autres femmes ! Pour sa part elle était plate comme une limande et n'avait toujours pas ses règles.

Dans la chambre d'Ilse, elle oubliait toute sa confusion, sa honte et son opprobre. Ilse ne savait rien de ses origines, ou alors elle s'en fichait. Ilse la rousse aux grands yeux gris brillants de fièvre, Ilse était si belle ! Son corps décharné était caché par d'élégantes et vaporeuses chemises de nuit en nylon aux couleurs pastel. Ses flacons de parfum et ses bouquets de fleurs sentaient tellement bon, et sur sa table de chevet il y avait toujours à côté du crachoir de grandes boîtes de chocolats. Ilse n'y touchait pas, mais nourrissait volontiers la petite de ces bonbons pralinés qu'elle tirait de leur emballage d'aluminium multicolores, du bout de ses longs doigts fins et manucurés.

Ilse recevait souvent la visite d'un gros homme d'une cinquantaine d'années qui restait assis sur sa chaise à la contempler tristement avec des yeux de chien fidèle. Quand, exceptionnellement, il disait quelques mots, Ilse lui répondait par monosyllabes et la conversation retombait aussitôt. La fillette croyait comprendre qu'Ilse méprisait ce suppliant maladroit mais endurait sa présence, car c'était lui le pourvoyeur du luxe et de l'abondance qui l'entouraient.

Mais lorsque Jurek s'engouffrait dans la chambre pour l'une de ses tonitruantes visites-éclair, Ilse se transformait du tout au tout. Jurek avait été musicien de bar en Pologne et son charme virevoltant se déversait à flots continus. La petite pressentait toutefois aussi chez lui l'existence de barbillons acérés, et elle le croyait capable d'une méchanceté extrême. Dans la chambre, il riait, plaisantait, mangeait les bonbons d'Ilse et empochait au passage quelques billets de dix couronnes, en échange de quoi il la faisait rire jusqu'à déclencher une quinte de toux déchirante. Alors Ilse le chassait d'un geste, ainsi que la fillette, elle ne voulait pas que Jurek la voie dans cet état. Surtout, elle ne voulait pas se servir du crachoir en sa présence.

La petite partait alors se promener avec Jurek dans le parc de l'hôpital et dans la forêt qui s'étendait au-delà, où les patients n'avaient en principe pas le droit d'aller. Elle n'aimait pas ce que Jurek faisait avec elle dans la forêt, mais comprenait en même temps qu'Ilse l'avait choisie pour être sa doublure. Et si c'était pour Ilse… Pour les chocolats et le parfum des fleurs…

Pour Ilse qui va mourir.

*

Maria écoutait, assise sur le bord du lit. Maria ne disait pas grand-chose, mais elle écoutait. Ça faisait du bien. Elle avait pu parler, et Maria avait compris, Maria ne s'était pas fâchée contre elle. À présent elle voulait dormir. Maria recouvrit l'abat-jour de la lampe de chevet, caressa la joue de la petite et quitta la chambre sur la pointe des pieds.

*

Bien des années plus tard, la femme adulte apprendrait le secret de Maria. Qui était déjà morte à ce moment-là. Elle s'était suicidée. Après une vie dont la souffrance, marquée par le secret et la honte, était devenue trop lourde à porter.

Maria buvait. Plus exactement, elle buvait par périodes. Déjà du temps de sa rencontre avec la fillette, elle était capable de s'alcooliser jusqu'au coma. Mais elle arrivait encore à le cacher à sa famille – sa famille si parfaitement adaptée et éminente à tout point de vue. Par la suite cela devint plus difficile. Durant de longues années, elle réussit malgré tout à assurer son travail dans la ville où elle avait emménagé, tout au nord du pays, pour fuir sa famille et ses anciennes connaissances, et où elle était devenue une généraliste très appréciée. Mais elle finit par sombrer sous le poids de la double peine qui l'habitait en permanence. L'angoisse sans objet, sans mots et sans visage qu'elle avait reçue en héritage. Et puis l'angoisse de l'alcool, qui était un cul-de-sac, mais aussi la seule issue qu'elle eût à sa disposition.

Après une ultime cure de désintoxication, elle qui en avait déjà enduré tant, elle mit fin à ses jours.

3

Elle passait pour une personne si vivante.

Comment était-ce possible, se demanderait-elle par la suite. Était-ce parce que le monde exigeait des corps qui avaient survécu qu'ils soient également vivants dans leur âme ? Que rien ne soit irrémédiable, que toutes les blessures puissent cicatriser ? Non, ce n'était pas tout à fait ça. À condition qu'ils implorent sa compassion et sa miséricorde, le monde était aussi capable de s'apitoyer sur ceux qui avaient été totalement détruits. Sollicitude un peu tardive, certes, mais proposée avec d'autant plus d'ardeur.

Avait-elle alors simplement réussi à duper le monde et à se duper elle-même ? À force d'errer dans la salle des miroirs du labyrinthe où elle avait perdu son fil d'Ariane, en croyant que, plus vite elle courrait, plus vite elle trouverait la sortie ? Le serpent se mordait la queue, mais le monde qui la voyait courir interprétait cela comme un appétit de vie insatiable. Le signe d'une vitalité parfois un peu débordante, pour ne pas dire sans scrupule.

Sa rage ne l'autorisait pas à se laisser dorloter. Oh non, ils ne s'en tireraient pas à si bon compte ! Elle ne les laisserait pas pleurnicher sur son sort à la manière dont ils sanglotaient sur le journal d'Anne Frank. Ce typique journal de jeune fille, qui s'arrête miséricordieusement à l'instant où les bourreaux enfoncent la porte de son monde protégé. Oui, protégé malgré tout, même si cette protection se révèle être aussi traître que la glace d'une nuit. Mais au moment où la glace rompt, le journal s'arrête – juste avant que les réflexions d'Anne, ses ratiocinations conciliantes de petite vieille précoce, ne soient étouffées entre les mains de la terreur étrangleuse et réduites au silence d'un coup de crosse sur la bouche.

Le monde, songeait-elle haineusement, achetait sa catharsis à un prix dérisoire avec ces émouvantes lettres à « Kitty », qui offraient de surcroît aux jeunes et belles comédiennes un nouveau personnage gratifiant à incarner au cinéma et au théâtre.

*

En temps normal, quand la vie procède à l'appel, elle est comptée parmi les absents ; c'est seulement quand sa douleur torturante se révolte qu'elle lève la main, répond « ici » et se fait porter présente. La vie et sa réalité sont faites pour ceux qui peuvent dire : « J'ai toujours eu pour habitude de… » « L'été nous allons… » « En général nous fêtons Noël à… » Sa vie à elle est déchiquetée et éparpillée. Quand elle essaie de ramasser les morceaux pour en composer un puzzle, elle se blesse à leurs arêtes coupantes.

Pourtant il lui est donné des instants où elle se sent être au monde, et où le monde est en elle. De rares instants de vie et de lucidité lumineuse, où elle appose sa marque triomphale sur l'existence. Des instants où elle se perd et se trouve. Où, frappée au cœur de son être, la survivante devient vivante. Elle existe, et l'envie la saisit de noter son adresse à la manière des enfants :

Cordelia
Stockholm
Suède
Europe
Monde
Univers !

Ce sentiment ne se laisse pas convoquer, que ce soit par la cajolerie ou par la force. Quand il vient, c'est par surprise. Il en devient presque effrayant : les dieux pourraient se venger !

Le plus souvent, il vient à sa rencontre dans la petite mort de l'érotisme. Ses amants ne comprennent jamais pourquoi les étreintes les plus passionnées, celles où elle s'abandonne, la laissent si énervée, agitée et irritable. Elle, elle sait. Et elle comprend ce que ressent le serpent au moment de muer ; mais elle ne peut ni ne veut initier quiconque à son secret.

Être au monde ! Dans un restaurant bondé, parmi le cliquetis discret de l'argenterie, le fumet raffiné des plats et le bouquet des vins, elle aurait soudain envie de se lever et de clamer haut et fort par-dessus les conversations polies : « Je suis là ! Moi qui rongeais des épluchures de patate crue, moi, la pouilleuse, la galeuse, qui n'avais même plus d'écuelle parce que quelqu'un me l'avait volée, je suis ici ! Je mange avec des couverts comme vous. Je commande mon entrecôte rosée et je peux renvoyer le vin s'il n'est pas à la température que je veux. La vie, la belle vie, est aussi à moi et je peux en jouir comme vous. Regardez-moi ! Je suis Job, comme lui j'ai quitté mon tas d'immondices, la décharge reléguée hors des murs de la ville, et j'ai repris ma juste place parmi vous. »

Être au monde ! Dans le public bien habillé d'une salle de théâtre ou de concert. Elle n'apprécie pas la coquetterie qui consiste à venir en jean crasseux pour signifier que la culture, ça n'a « rien de spécial ». Pour elle, si. C'est spécial.

Tout cela est aussi à moi, pense-t-elle, et cette certitude lui procure un triomphe de joie. L'orchestre joue pour moi, les comédiens s'inclinent pour me remercier de les applaudir. Strindberg écrivait aussi pour moi, Mozart composait aussi pour moi, le saviez-vous ? Non, je ne le savais pas moi non plus quand, à demi comateuse de faim, j'entendais l'orchestre du camp jouer languissamment sa version sirupeuse de *Heimat deine Sterne* ou *Kleine Möwe flieg nach Helgoland.* Mais maintenant je sais !

Elle se sent aussi devenir présente, soudain et violemment, au cours des soirées fragiles du début de l'été, la lumière est d'une beauté insoutenable et se referme, telle une pellicule transparente plus fine que du papier de riz, autour de chaque nostalgie douloureuse. La moindre maisonnette de vacances en bois semble alors se replier sur ses secrets et veiller en même temps sur ceux du lilas et de l'achillée. En ville, le ciel rose et bleu se reflète dans les vitres des immeubles et les immeubles eux-mêmes ont l'air prêt à s'arracher au vieux socle granitique pour prendre leur envol.

Il suffit d'une égratignure presque invisible pour que cette pellicule se déchire et perde les eaux. Leur flot se déverse alors et l'entraîne vers d'autres rivages – elle renaît.

Ou alors par un petit matin d'été au chalet, sur les marches du perron où elle est assise. Entre ses paumes l'arrondi maternel, bleu et blanc, de la tasse du petit-déjeuner. Autour d'elle les oiseaux qui s'essaient prudemment à cette nouvelle journée qui commence.

Oui, c'est un jour nouveau, la création entière est neuve et sans tache, l'air léger et facile à respirer, et il serait si simple de mourir. Elle comprend alors que lorsqu'on est sûr de son droit de séjour dans la vie, il est aussi possible de « s'en aller au paradis en chantant. »

Qu'il serait donc facile, par cette aube d'été, d'esquisser, avec confiance, imperceptiblement, le petit pas de plus qui la fera franchir l'invisible frontière qui n'existe pas. Ici, croit-elle, elle pourrait aller à la rencontre d'une autre sorte de mort. Une mort humaine. Sa mort rien qu'à elle, personnelle, qui serait venue l'accueillir, elle précisément, et qui l'appellerait par son prénom. Cordelia Maria, il est temps. Tout est accompli.

3709, ma sœur, je veux te rendre la vie qui t'a été volée, car ce petit matin de la fin de l'été est aussi le tien, est-ce possible, ta mort peut-elle être réhabilitée à travers moi ? Quelqu'un fermera mes, tes, yeux. Ma tombe sera aussi la tienne, une pelletée de terre pour toi, une pelletée de terre pour moi, un caillou pour toi, un caillou pour moi.

Nous nous souvenons. Jamais nous n'oublierons les squelettes d'un blanc jaunâtre et leurs yeux ouverts que nul ne ferme. L'amoncellement de cadavres, de plus en plus haut, le long du mur latéral de la baraque, la main repliée telle une griffe autour du croûton de pain, la main qu'il faut ouvrir de force en brisant un doigt après l'autre.

Mais ici, ici, il se peut que nous soit accordé, à nous aussi, *einen sanften Tod*. Peut-être. C'est possible.

4

La rage de la survivante devient une angoisse à vivre.

D'année en année, la jeune femme persista à dissimuler sa rage, cette sauvagerie qui l'habitait et la remplissait au point de presque l'étouffer. Mais elles ne firent jamais connaissance. Sa rage était trop démesurée pour qu'elle ose aller à sa rencontre. Sa rage l'aurait pulvérisée, serait devenue un couteau étincelant à plonger dans le cœur de sa mère. Le matricide, elle n'osait pas le commettre. Car il aurait aussi anéanti Cordelia, l'élue, celle qui tenait serments et promesses.

La mère écrivit à sa fille en Suède. Elle travaillait à un nouveau roman, expliquait-elle dans sa lettre, et parmi les personnages il y avait une jeune femme passée par Auschwitz, une survivante. Il importait que ses souvenirs soient aussi factuels que possible dans le détail. Ensuite elle, la mère, se chargerait les recréer sous une forme littéraire. Sa fille pourrait-elle l'aider en lui détaillant son emploi du temps quotidien à Auschwitz ?

Sa fille lui répondit au mieux de ses capacités, elle fit le compte rendu demandé. Plus tard, en lisant le roman maternel, elle ne reconnaîtrait pas ses propres souvenirs. Le livre en disait à la fois trop et pas assez, il parlait du feu sans un mot sur la cendre. Comment aurait-il pu en être autrement ? Il avait été écrit par une vivante.

5

Cet homme comprit qu'elle était une somnambule qui évoluait en équilibre au-dessus de l'abîme. Sans qu'elle le lui eût demandé, il prit sur lui de devenir son filet de sécurité.

Ils se rencontrèrent un an environ après qu'elle fut sortie de l'hôpital contre l'avis des médecins. Ils se rencontrèrent et elle demeura auprès de lui. Il ne la retenait pas, toute forme d'exercice du pouvoir lui était étrangère, mais se proposait à elle, simplement, sans exigence. Il n'essaya jamais de forcer une intimité et une confiance dont elle eût été bien incapable ; attentif et stoïque, il veillait sur le seuil de son visage détourné. Il n'entreprit aucune campagne de conquête de son pays du Rien. Patiemment il attendait que la nuit s'achève et qu'elle ouvre les yeux. Il comprenait qu'il serait mortellement dangereux de tenter de la réveiller.

Si elle lui causa du tort, ce ne fut pas de façon intentionnelle ou même consciente. Des intentions, elle n'en avait aucune, et sa conscience était captive du paysage d'ombres du monde d'en bas. Pour elle, cet homme représentait une halte, une clairière, un repos. Le plus beau nom qu'il connaissait était celui d'un lac du nord du pays qui s'appelait *Ljusvattnet*, « l'eau claire » ou « l'eau de lumière ». Oui, pensait-elle, on aurait pu lui donner ce nom-là à lui aussi.

Leur fils se révéla être un enfant calme et sérieux qui contemplait son monde avec une indulgente attention. Le visage détourné de sa mère devint pour le fils l'objet d'une observation tranquille, mais qui n'était ni froide, ni réservée. Elle pouvait rester des heures à le nourrir, un livre ouvert calé contre le bord de la table, le biberon dans une main, l'enfant dans le creux du bras. Après un moment, mère et fils oubliaient quelle était censée être leur occupation. La mère était absorbée dans le livre, l'enfant avait cessé d'aspirer la bouillie refroidie ; de ses yeux bruns et graves, il regardait sans participer.

N'eût été la présence du père, l'enfant aurait peut-être oublié de respirer. Dans leur minuscule logement, un studio avec cuisine situé dans l'un des derniers quartiers miséreux de Stockholm, la femme restait allongée sur le lit à lire avidement les innombrables livres que son mari rapportait de la bibliothèque. Il ressortait ensuite promener le fils dans son landau, entre les petites hauteurs granitiques et les pins noueux du quartier. Il était comme l'enfant, ouvert et sans défense. L'enfant, lui, avait toute la pondération de l'adulte. Ils s'apportaient beaucoup de joie l'un à l'autre. L'homme devint le pourvoyeur de la femme et de l'enfant, qui oscillaient sur leur mer respective tels de frêles esquifs rattachés par une bouée à leur navire commun. L'homme ne tentait pas d'organiser leur sauvetage, mais veillait à ce qu'ils ne sombrent pas.

« Le filet de protection aurait pu avoir des mailles un peu plus serrées », lui dit-il un jour avec une légère nuance d'amertume, bien des années après qu'elle l'eut quitté. Non, dit-elle, elle n'était pas d'accord. L'amour ne suffit pas, ou alors il peut y en avoir trop. Quand elle n'avait plus eu l'usage de sa bonté et sa patience, quand elle s'était mise à les exploiter sans vergogne, elle avait compris qu'il était temps de partir. Mais elle penserait toujours avec gratitude à ces années où il lui fut permis de reposer sur la rive de l'eau de lumière.

6

Quand ça se passait bien entre eux, il l'appelait « Reisele » ; quand il sentait qu'elle était sur le point de le quitter, il aboyait son nom : « Dela ! »

Elle avait emménagé chez lui sur l'île de Södermalm, à Stockholm. Côté rue, l'appartement donnait sur l'église Sainte-Sophie, dame solide trônant de tous ses jupons étalés sur le quartier dit de « Vita bergen » et ses maisons autrefois misérables. Côté cour, à la fin du printemps, ils voyaient s'allumer les chandelles du grand marronnier et le soir venu, ils contemplaient les intérieurs éclairés du bâtiment de la cour, qui appartenait à la communauté juive de Stockholm. Les locataires étaient des Juifs modestes dont la plupart étaient arrivés avant-guerre avec tous leurs biens serrés dans quelques valises en carton entourées de ficelle. La « maison des Juifs », ainsi qu'on l'appelait dans le quartier, sans nuance péjorative, était une île où quelques naufragés échoués avaient pu s'installer en fonction de leurs moyens et des appartements disponibles. Dans les ports de la Baltique où ils s'étaient embarqués, certains avaient payé rubis sur l'ongle un aller simple pour *di goldene medine,* le pays doré, l'Amérique, mais l'armateur avait fait faillite et les passagers n'étaient jamais allés plus loin que la Suède. D'autres visaient la Suède depuis le début. Mais tous étaient demeurés des étrangers. C'étaient eux qui, au grand dam des Juifs autochtones, avaient obtenu que s'ouvre une école juive à Stockholm, pour les classes maternelles et élémentaires. Dans l'archipel, où l'école possédait sa propre colonie de vacances, on pouvait voir leurs enfants, tous nés en Suède, vêtus de blue-jeans et perchés sur les rochers au bord de l'eau, annoncer en suédois à leurs copains tout en grattant leurs piqûres de moustique : « Ce weekend Papa et maman vont venir me voir avec quelques Suédois. »

Elle et lui étaient les bienvenus dans la maison de la cour. Ils s'y rendaient enlacés et profitaient des tables joliment dressées pour Shabbat. De solides tables d'acajou incarnant le rêve de bien-être et d'aisance matérielle de ces Juifs de l'Est, avec leurs nappes empesées d'une blancheur éclatante et leurs bougies serties dans des chandeliers d'argent astiqués avec soin.

Il existait une affinité élective entre ces gens que le vent avait emportés depuis leurs lointains shtetls de Russie et de Pologne et ce non-Juif, fils d'un directeur d'école, né dans une petite ville de Suède où il n'existait pour ainsi dire aucun Juif. Mais il s'était révélé impossible de plier ce garçon au moule bien-pensant de la petite ville ; la canne en rotin du père avait laissé des plaies profondes et de vilaines cicatrices, mais pour le reste elle n'avait eu aucun effet. L'isolement du marginal était devenu l'arrogance du solitaire. Vivre dans les avant-postes désolés du réel, ces lieux sans forme mais pleins d'angoisse, tel était le prix à payer quand on était élu, et il l'acceptait bien volontiers. Ce fut sur cette frontière menacée et incertaine qu'ils se rencontrèrent et se reconnurent. Tels Hansel et Gretel, ils se prirent par la main et scellèrent leur statut de frère et sœur en s'enfonçant ensemble dans les forêts traîtresses, loin des jardins aux allées rectilignes, des tables de cuisine vides et de leur fade odeur de toile cirée.

Avec l'autorité d'un frère aîné, il lui montra le chemin à suivre. Il la conduisit jusqu'aux cachettes où il gardait ses trésors, les livres – parmi lesquels un recueil de chansons choisi avec amour, partitions et paroles en yiddish, l'une d'elles s'intitulait « Reisele » – mais aussi l'art pictural et la poésie suédoise. Il donna sans compter, avec beaucoup de générosité et de joie, mais à la condition expresse qu'elle n'accepte pas d'autres dieux que les siens. Ainsi, elle prendrait racine et deviendrait un élément de son monde à lui. Elle serait sa création : Reisele. Mais Cordelia, Dela de Berlin-Eichkamp, devait disparaître.

*

S'ils n'avaient pas eu d'enfants, cela aurait peut-être pu réussir.

Elle ? Oui, elle était attirée par les feux follets, la transgression et sa promesse de délivrance, le chant ensorceleur du Roi des Aulnes, *der Erlkönig.* Mais elle savait aussi que seuls les survivants ont droit de cité dans le monde de l'absence au visage détourné. Les vivants, eux, sont pris de frissons et de fièvre. Ils gèlent et, pétrifiés, ils passent par le fond. *Dans ses bras l'enfant était mort.*

Non, cela il n'en était pas question. Ses enfants à elle devaient vivre. Vivre !

À tâtons elle commença alors à chercher la sortie, à quitter la forêt enchantée en quête d'une réalité plus pauvre, plus banale, mais plus stable, mieux délimitée. Il ne put le lui pardonner. Pour lui c'était une trahison de leur pacte adelphique. Il avait raison, mais elle n'avait pas le choix. Ses enfants devaient faire partie d'un bienheureux quotidien banal où aucune sorcière ne rôdait dans la maison de pain d'épice et où la belle et bonne reine ne risquait pas à tout instant de se transformer en horrible marâtre. Elle-même ne trouverait peut-être jamais le chemin de ce monde-là mais ses enfants, eux, y éliraient domicile. Tel était son espoir.

Bien entendu elle se trompait. Après tout, son fils et sa fille étaient ses enfants. Les enfants de la survivante.

La sorcière était déjà dans la maison de pain d'épice et la reine prisonnière de l'Hadès où elle attirait sa Proserpine cueilleuse de fleurs. Jusqu'à la troisième et à la quatrième génération.

*

En partant, elle emporta avec elle ce qu'elle avait réussi à faire sien : la musicalité de la langue, les personnages de roman, les poèmes, quelques chansons, quelques citations, les chandelles du marronnier et le chat noir, invisible pour les autres, qui vivait sous leur lit. Le plus beau cadeau de lui resterait cependant « Reisele », cette part d'elle qu'il avait mise au jour en l'aimant, et qui s'était révélée grâce à lui telle une merveille enfouie sous un bric-à-brac sans valeur ; c'était lui qui l'avait déterrée et polie jusqu'à ce qu'elle brille d'un éclat singulier tel un vieux bijou de famille. Sauf que, avait-elle découvert entre-temps, les vieux bijoux pouvaient être lourds à porter.

Lorsqu'elle voulut quitter la paroisse catholique de Sainte-Eugénie où elle était encore inscrite, afin de rejoindre officiellement la communauté juive de Stockholm, ce fut un vieux prêtre qui la reçut. Elle essaya de lui expliquer sa décision. Ce n'était pas une question de foi, lui dit-elle, mais elle pensait avoir peut-être laissé le soulier verni de sa première communion sous la garde de la Vierge au manteau. Définitivement.

À présent il s'agissait d'autre chose. Il s'agissait des personnes, des vivants et des morts, des enfants morts et de ses propres enfants, ceux qu'elle avait mis au monde et qui, par elle, avaient été donnés à son peuple. Sa propre vie et ses enfants ne lui appartenaient qu'en partie ; l'autre part, la plus grande, elle la devait à son peuple, son peuple qu'elle avait trahi et renié. Avant le troisième chant du coq, elle voulait soumettre sa requête de rachat ; elle souhaitait se compter parmi les humiliés et les avilis. Les bottes noires luisantes pourraient bien poursuivre leur marche conquérante à travers le monde, mais sans elle. Car pour sa part elle voulait continuer à avancer en boitant, ses pieds gelés enveloppés de chiffons sales.

Mais ses enfants, ô ses enfants, célébreraient fièrement, par leurs chants, « David, roi d'Israël », tout en continuant à protéger « l'anémone bleue des talus » de la vieille chanson. Ils deviendraient des Juifs suédois.

Le vieux prêtre ne comprit rien. Vivement contrarié, il lui jetait des regards mécontents tout en tordant ses petites pattes pendant que sa voix sèche de vieillard croassait les quelques arguments dont il disposait. Au fond, il n'en avait qu'un : Jésus de Nazareth était le Messie que son peuple à elle, son peuple entêté, avait refusé de reconnaître quand Il s'était présenté parmi eux. La fidèle attente qu'observaient les Juifs depuis deux millénaires n'était rien d'autre que l'obstination propre aux cœurs durs. Le tombeau était vide, le Seigneur était venu, et Il reviendrait lors de la parousie.

Elle fut tentée d'imiter un certain vieux rabbin, conduire le vieux prêtre jusqu'à la fenêtre, l'ouvrir en grand et constater d'une voix calme : « Je ne vois pas que quelque chose ait changé. » Mais c'eût été tricher, car le tirage au sort ne concernait pas la tunique, la dispute ne portait pas sur la couronne d'épines. Elle n'avait aucun compte à régler avec le crucifié, l'agitateur condamné par l'empereur. Mais celui dont le prêtre se réclamait était un autre. C'était le triomphateur ressuscité, roi de l'univers. Celui-là, elle ne le connaissait pas et elle ne désirait pas le connaître.

7

Alors que l'avion entame sa descente vers Stockholm, elle fond en larmes.

Après de longues années vécues en Israël, elle est à présent invitée – en tant qu'étrangère donc – dans ce pays qu'elle croyait autrefois être aussi le sien. « Tout m'a été donné et tout me sera retiré. » Non, tout ne lui avait pas réellement été retiré. Elle était partie de son propre gré, comme on finit par abandonner la poupée et le nounours de l'enfance, parce qu'on a grandi. Elle avait laissé ce pays comme on laisse une histoire d'amour qui a fini de se consumer : avec un rien d'amertume au début pour la flamme qui ne réchauffe plus, puis avec un sentiment de manque et de nostalgie, et enfin, après que du temps a passé, avec reconnaissance.

Le paysage qui s'étend sous elle n'est que fraîcheur et repos. Les champs verdoyants, les cours d'eau et les forêts désaltérées veillent sur leur propre solitude et se suffisent à eux-mêmes. Quelques fermes rouges sont éparpillées sur ce tapis vert comme par des mains d'enfants ; le soir venu, on les rangera à nouveau dans la boîte à jouets. Les forêts, les prairies et les lacs vivent leur vie et ne se laissent pas déranger. Personne n'a jamais violé ce paysage, c'est une terre païenne sans histoire qui ne sait rien des plaies ouvertes des tranchées, des cratères, des bombardements, des déluges de feu. Nul prophète ne s'est dressé au sommet de ces rochers pour proférer des malédictions contre ces forêts. Jamais les filles de Jérusalem ne se sont lamentées au bord d'un fleuve à sec, jamais elles n'ont déchiré leurs habits en pleurant leur pays détruit et leur jeunesse profanée. Ce paysage-ci existe par-delà le bien et le mal. Il ne pose pas de questions et n'exige aucune réponse.

L'autorité qui viendra un jour juger les vivants et les morts ne trouvera jamais le chemin de ce pays. Comment juger les survivants et ceux qui n'ont jamais vécu ?

C'était un bon pays. Il était disponible, il existait, il offrait généreusement sa fraîcheur et son repos. Mais il n'insistait jamais ; il ne défiait pas le mutisme de la survivante, ne formulait aucune demande, n'exigeait rien d'elle. Les claires nuits d'été, les jours noirs de l'hiver, la pluie de printemps douce et régulière, la neige blanche, si blanche, l'avaient enveloppée dans un cocon d'attente mélancolique d'un événement qui n'aurait pas lieu. Ou qui était peut-être survenu dans un lointain passé et n'inspirait plus qu'une vague inquiétude, comme un souvenir à demi oublié. La princesse dormit cent ans pendant que la haie d'aubépine poussait de plus en plus haut, et à la Saint-Jean on l'enrubanna, on la couronna de feuilles de bouleau et de fleurs sauvages, car l'aboiement des chiens et la sonnerie des clairons des chasseurs, là-bas au loin, ne la concernaient pas.

Elle mit de longues, très longues années à se réveiller et à comprendre que c'était cela, les Limbes. Le pays de nulle part, à l'est de la damnation et à l'ouest de la rédemption. Le pays qui n'existe pas, peuplé des ombres de païens justes et bons. Dans ce pays, tous auraient pu jeter la première pierre. Pourtant nul ne levait la main contre son semblable – seulement, à l'occasion, contre soi.

Elle qui gardait encore l'odeur de la fumée dans ses cheveux et sur ses vêtements se mit à retourner chaque pierre et à gratter le moindre tas d'immondices. Mais à part quelques cloportes et quelques ossements d'oiseaux, et encore, elle ne découvrit rien. Aucun squelette humain marqué par la torture, aucun crâne où les dents en or avaient été arrachées au maxillaire, pas le moindre cadavre d'enfant décharné.

Parmi tant d'innocence, elle avait du mal à respirer, et comprit qu'il fallait partir.

Troisième partie

Am Yisrael hai

1

Ici Kol Israel – la voix d'Israël, qui vous parle depuis Jérusalem.

Une émission radiophonique à l'occasion de Yom Ha Shoah, la journée du souvenir de la Shoah. Une femme se remémore le matin où sa famille et tous les autres Juifs sont conduits sur la place centrale aux pavés ronds de leur petite ville de Pologne. Sa petite fille de quatre ans a peur et pleure à chaudes larmes.

« J'essayais de la faire taire, les SS commençaient à nous regarder, je voyais bien qu'elle les énervait avec ses sanglots et j'avais peur qu'ils lui fassent du mal, alors à la fin je l'ai frappée. Et elle s'est tue. »

Plus tard, la fillette silencieuse est arrachée à sa mère. La femme interviewée fond en larmes. « Quand ils l'ont tuée, elle a dû croire que c'était pour la punir parce qu'elle avait été désobéissante. Je l'avais frappée juste avant. Je l'avais frappée ! »

*

Yizkor ! Souvenez-vous.

Nous nous souvenons. Chaque année, quand les sirènes hurlent à travers le pays, quand la circulation s'arrête et que tous s'immobilisent comme autant de statues de sel, partout, dans les rues, dans les écoles, sur les lieux de travail, nous nous retournons et nous nous souvenons – des morts, et de nous. Les survivants prennent les morts par la main, et nous revenons à la vie, à ce qui était, à ce qui est encore, notre vie.

Quelqu'un a dit que nous étions possédés par la mort dans ce pays. C'est vrai, pense-t-elle. Les mémoriaux, les monuments à nos héros et martyrs, tous ces hommages aux morts imprègnent jusqu'au paysage lui-même, la vallée d'Ayalon, le mont Guilboa, le désert de Judée... Partout le paysage porte la marque de nos révoltes, de nos victoires et de nos défaites.

Mais nous sommes aussi possédés par le fait d'avoir survécu, d'être ces survivants, ces tisons brûlés retirés du brasier et dont les yeux larmoient encore à cause de la fumée âcre. À la fois chasseurs et proies, impitoyables, nous nous traquons nous-mêmes hors de nos terriers.

« Hep, hep, Juif, cours ! »

Nous courons, donc nous sommes en vie.

Quand nous nous rattrapons, nous nous déchirons en lambeaux, donc nous sommes en vie.

Quand nous sentons le sol se dérober sous nos pieds, nous faisons encore un pas vers l'abîme, donc nous sommes en vie.

Nous donnons la vie, et nos enfants sont étranglés avec le cordon ombilical – jusqu'à la troisième et à la quatrième génération.

2

Enfant brûlée cherche le feu.

Ce fut en arrivant, alors que la ville était plongée dans les ténèbres du couvre-feu, qu'elle comprit. Elle était revenue chez elle. Cette réalité-là, elle la reconnaissait ; alors elle allait y rester. Elle était venue en tant qu'observatrice, en tant que journaliste. Mais le passé, avec son savoir et ses visions, la transformait en participante.

C'était aux premiers jours de la guerre de Kippour. Ramassé dans le noir, le pays retenait son souffle, dans une tension et une concentration immobiles, comme un animal aux abois juste avant le saut mortel. La menace d'anéantissement et les habitants du pays se faisaient face et se reconnaissaient, intimement. Les survivants revenaient à la seule forme d'existence, à la seule mission, au seul défi qu'ils maîtrisaient, et qui était la lutte pour la survie. Mais voici ce qu'elle perçut en arrivant : ici, les humains et la menace se rencontraient en tant qu'adversaires. Cette fois, l'issue n'était pas jouée d'avance. Cette fois, c'était un match à la loyale. Si l'anéantissement l'emportait, ce ne serait pas parce que les victimes, paralysées de peur à la vue de la Bête, auraient coopéré à leur propre destruction. Cette fois, la menace avait un visage humain, qui était celui de l'ennemi. Il fallait le combattre, ce visage. Peut-être pourrait-il le vaincre. Mais il était aussi possible de le reconnaître et de le respecter. Pour cette raison et pour elle seule, dans la résistance et le respect, les survivants retrouvaient le respect d'eux-mêmes. Ils ne creuseraient pas leur tombe de leur plein gré ; mais les morts de l'ennemi ne seraient pas davantage abandonnés aux renards et aux chiens du désert.

*

Devant un hôpital de campagne dans le désert du Sinaï, elle rencontra son fils, tous ses fils. Là, debout au milieu du fracas, dans le vent brûlant, pendant que les hélicoptères de retour de l'autre côté du canal de Suez atterrissaient avec leur moisson sanglante et que les blessés étaient débarqués l'un après l'autre. Les soldats portant les brancards couraient vers les tentes chirurgicales, tenant à bout de bras les sacs de plasma sanguin, se baissant pour éviter les pales des rotors qui tournaient encore.

Ce fut alors qu'elle le vit. Le garçon blond était couché sur le ventre, le sang coagulé teignait tout le côté gauche de sa chemise de soldat. Son visage était tourné vers elle. En plongeant dans ses yeux vides, voilés par la douleur, elle le reconnut. C'était Daniel, son fils mort du cancer à l'âge de dix ans. Son Daniel, ou le Daniel d'une autre mère, cela n'avait plus d'importance, elle était devenue un élément de son peuple, un maillon de l'indestructible chaîne. Un Isaac attaché sur l'autel du sacrifice, ou un Jankele bras levés dans son manteau trop grand où brille le jaune vif de l'étoile, avec la casquette qui laisse dans l'ombre son visage étroit, ou un Daniel touché au flanc par un éclat de grenade. Tous nos fils, de tous les temps. Le cycle de notre mort et de notre renaissance à travers toutes ces silhouettes, tous ces visages – et il nous est encore possible de dire :

Am Yisrael hai – le peuple d'Israël est vivant.

Jérusalem, novembre 1983

Notes de la traductrice

p. 22 : Citation du poème *Der Tod un das Mädchen* de Matthias Claudius, « La jeune fille et la mort ». Traduction personnelle.

p. 29 : Citations du poème *Abendlied* de Matthias Claudius. Traduction personnelle.

p. 30 : Citation du poème *Orpheus mit der Rose* d'Elisabeth Langgässer. Traduction personnelle.

p. 33 : Citation du poème *Schneckenhaus und Rose* d'Elisabeth Langgässer. Traduction personnelle.

p. 50 : 1 Corinthiens 15 :55.

p. 71 : Citation des *Contes de Grimm* [à compléter].

p. 119 : Début du poème dit de la « Promenade de Pâques », *Faust*, Goethe, traduction de Jean Lacoste et Jacques Le Rider, éd. Bartillat, Paris, 2014.

p. 143 : Citation des *Contes de Grimm*, « Brüderchen und Schwesterchen ». Traduction personnelle.

p. XX : T. S. Eliot, « Gerontion », *Collected Poems : 1909-1962*. Traduction personnelle.

p. XX : *Les Années d'apprentissage de Wilhelm Meister*, Goethe, Livre 2 chapitre 13, traduction de Jacques Porchat, Paris, Hachette, 1860

PARLER DES CENDRES

Postface de Daniel Kehlmann

Traduite de l'allemand par Juliette Aubert-Affholder

I En 2022, j'ai reçu le prix Elisabeth Langgässer de la ville d'Alzey. Pour préparer mon discours de remerciement, je me suis plongé dans la vie et l'œuvre de cette poétesse catholique : une entreprise délicate. Certains écrivains se démodent à tort. En lisant leur œuvre des années plus tard, on est stupéfait par son urgence, sa fraîcheur et son actualité. Ma rencontre avec Elisabeth Langgässer n'entre pas dans ce cas de figure. Son œuvre, me semble-t-il, n'a pas bien vieilli. La plupart des poèmes sont lourds et pompeux, la prose est solennelle et d'un mysticisme qui me rebute, et la thèse soutenue dans son œuvre principale, *Le Sceau indélébile*, selon laquelle il suffirait que la communauté juive se convertisse à la vraie religion chrétienne et se fasse baptiser pour que l'antisémitisme disparaisse, est absurde à tant d'égards qu'il est inutile d'en parler davantage.

C'est alors que j'ai découvert *Enfant brûlée cherche le feu*, les Mémoires de Cordelia Edvardson, la fille de Langgässer, parus pour la première fois en allemand en 1986 sous l'appellation un rien déroutante « roman » : ce livre est un roman dans la mesure où sa forme est résolument artistique, chaque mot choisi avec soin, dit l'autrice dans un entretien. J'étais ébranlé et déconcerté : comment était-il possible qu'un ouvrage d'une telle importance soit épuisé depuis un bon moment ? Il s'inscrit sans aucun doute dans la lignée des récits marquants sur l'Holocauste, au même titre que les livres de Primo Levi, Imre Kertesz, Jorge Semprún, Ruth Klüger et Thomas Buergenthal. Le fait que le livre de Cordelia Edvardson ne fasse plus partie du discours public ne relevait pas uniquement, à mon avis, de l'injustice littéraire, non, cela me semblait être un véritable oubli de la culture du souvenir : Dieu sait qu'il existe si peu de témoignages clairvoyants venant du cœur de la machine de guerre allemande qu'on ne peut se permettre d'en ignorer un des plus convaincants.

II La raison pour laquelle le livre *Enfant brûlée cherche le feu* n'est pas beaucoup plus connu est sans doute paradoxalement liée à la force qui en émane. On ne peut le dire autrement : c'est une lecture horrible. L'indication *trigger warning*, trop souvent utilisée à la légère, est parfaitement justifiée ici : il faut mettre les gens fragiles en garde contre cet ouvrage qui, sur quelques centaines de pages à peine, décrit un conflit mère-fille se dégradant jusqu'aux limites du supportable, et livre des détails de la réalité des camps d'extermination qu'on aimerait autant ignorer – mais qu'il faut absolument connaître ; étant donné que c'est arrivé pour de bon, nous n'avons pas droit à l'ignorance.

Hermann Heller, le père de Cordelia Edvardson mort en 1933, était juif, et selon les lois de Nuremberg, Cordelia, en tant que fille d'une soi-disant « demi-Juive », est catégorisée « Juive à part entière ». Sa mère, proche des nationaux-socialistes et fervente admiratrice d'Hitler autant par conviction ultra-catholique que par carriérisme, tente quand même de protéger sa fille en persuadant des connaissances espagnoles de l'adopter. Cette astuce aurait effectivement pu sauver Cordelia, qui aurait échappé aux persécutions grâce à la nationalité espagnole, mais elle est convoquée par la Gestapo. On lit la suite avec un effroi difficile à décrire. On soumet à l'enfant de 14 ans un document dans lequel elle accepte, par sa signature, de garder la nationalité allemande et donc de se plier aux lois raciales allemandes, incluant la « déportation à l'Est ». En cas de refus, lui explique-t-on, elle sera en sécurité, mais on poursuivra sa mère en justice pour l'adoption arrangée par ses soins.

> En jetant un coup d'œil à sa mère, elle croisa cette fois son regard, le regard de ses beaux yeux bruns qui étaient capables de briller de façon ensorcelante mais qui étaient à présent emplis d'une impuissante douleur muette. Personne ne parla. Aucune parole n'était nécessaire, il n'y avait rien à ajouter, aucune ombre de choix, d'ailleurs elle n'avait jamais eu le moindre choix, elle était Cordelia, celle qui tenait serments et promesses, elle était aussi Proserpine, elle était l'élue, et jamais elle n'avait été aussi proche du cœur de sa mère. Les mots eurent du mal à franchir ses lèvres, sa gorge nouée faisait barrage, mais pour finir elle réussit à les articuler. « Oui, je vais signer. »

Elle appose bel et bien sa signature, la mère approuve, ou plutôt l'exige – on ignore quelle sanction se serait appliquée à elle si sa fille n'avait pas signé – et peu après, Cordelia Edvardson est déportée. La scène décisive de la signature n'est pas stylisée sous forme de grand cas de conscience ou de décision lourde de conséquences, au contraire : « aucune ombre de choix, d'ailleurs elle n'avait jamais eu le moindre choix. »

III Dans les passages sur son séjour en enfer, Cordelia Edvardson évoque des éléments pour lesquels il existe peu de sources de première main.

Des quantités de gens s'adonnent encore aujourd'hui à l'illusion que les usines de la mort étaient ordonnées et bien organisées, des lieux parfaitement fonctionnels, dans une vision pervertie des choses. C'est, bien entendu, tout l'inverse : il s'agit de « de vivre et de survivre, à n'importe quel prix. Tout le monde couchait avec tout le monde. » Edvardson décrit avec calme et concision les prisons et les camps pour femmes comme un lieu d'extermination également destiné aux services sexuels imposés en permanence, aux viols incessants par les gardes masculins, dont le pouvoir sur leurs victimes ne connaît aucune limite – la seule distanciation de celle qui témoigne consistant à éviter le mot je. « Elle avait même partagé le lit de certains d'entre eux – non par concupiscence », mais sous la menace constante de la mort.

Depuis le soi-disant hôpital juif de Berlin (reconverti en prison depuis longtemps), Cordelia Edvardson est déportée à Theresienstadt, par la suite à Auschwitz. En quelques traits, elle esquisse les physionomies des monstres que sont Josef Mengele et Maria Mandl, et avec une profonde acuité psychologique, elle analyse l'essence de cette déshumanisation forcée comme une absence absolue, un vide intérieur total :

> Rien. Personne. Ni être humain, ni chose, ni vie ni, encore, mort. Ni faute, ni foi, ni espoir, ni amour. Amour moins que tout. Mots tombant

> comme des cailloux morts dans l'insatiable Rien sans fond. Ni haine ni rage. Qui haïr, contre quoi déverser sa colère dans ce pays de rien ni de personne ?

À son arrivée à Auschwitz, après avoir également perdu son nom et n'être plus désormais qu'un matricule, il s'ensuit des retrouvailles choquantes avec la personne qui, si elle n'a pas provoqué son entrée dans le néant, ne l'a pas empêchée pour autant :

> Bagages légers, sacs à main et autres avaient été laissés dans le bureau de la cheffe de bloc, elles ne devaient rien garder à part les vêtements qu'elles avaient sur le dos. Le lendemain matin, quand elles furent chassées dehors pour leur premier appel, toute trace de leur existence d'avant avait disparu. Mais, remarquant au passage un bout de papier oublié sur le sol pourtant bien balayé de la baraque, la petite se pencha mécaniquement pour le retourner. C'était le portrait de sa mère. La photographie l'avait suivie jusque-là. Sa mère si belle contemplait sa fille d'un regard empli d'amour et de douleur impuissante. Alors elle pleura comme jamais encore elle n'avait pleuré, et comme elle ne pleurerait jamais plus. Pas de cette façon-là.

On néglige facilement le détail le plus important : « comme jamais encore elle n'avait pleuré, et comme elle ne pleurerait jamais plus. » L'arrivée à Auschwitz correspond à l'adieu définitif à sa mère, son dernier jugement sur elle. Un an seulement après sa libération du camp – une durée presque invraisemblable dans ce contexte –, Cordelia Edvardson prend contact avec Elisabeth Langgässer depuis la Suède pour lui faire savoir qu'elle est encore en vie. Sur quoi sa mère écrit son poème le plus célèbre, *Printemps 1946* :

« Holde Anemone, Bist du wieder da Und erscheinst mit heller Krone Mir Geschundenem zum Lohne Wie Nausikaa ?	Douce anémone, Es-tu de nouveau là Ornée d'une claire couronne À moi éreinté tu te donnes Telle Nausicaa?
[…]	[…]
Aus dem Reich der Kröte steige ich empor, Unterm Lid noch Plutos Röte Und des Totenführers Flöte Grässlich noch im Ohr. »	Du royaume du crapaud Je remonte et m'éveille, La rougeur de Pluton sous la peau Et la flûte du Führer des morts, Ô ! Encore horriblement dans l'oreille.

Cordelia Edvardson ne mentionne à aucun moment ce poème bien rimé, dont le pathos serait même ici, dans ces mémoires, déplacé. Elle se contente de prononcer le plus implacable des jugements sur sa mère lorsqu'elle rapporte, presque sans commentaires, leur échange épistolaire :

> La mère écrivit à sa fille en Suède. Elle travaillait à un nouveau roman, expliquait-elle dans sa lettre, et parmi les personnages il y avait une jeune femme passée par Auschwitz, une survivante. Il importait que ses souvenirs soient aussi factuels que possible dans le détail. Ensuite elle, la mère, se chargerait les recréer sous une forme littéraire. Sa fille pourrait-elle l'aider en lui détaillant son emploi du temps quotidien à Auschwitz ?

Si la demande n'était pas aussi insupportable, on pourrait presque en rire. Mère et fille ne se reverront qu'une seule fois. Nous n'avons aucune raison de supposer que cette dernière rencontre fut particulièrement chaleureuse.

IV Cordelia Edvardson n'a jamais tenté de revenir vivre en Allemagne. Elle reste en Suède, avant de s'installer en Israël, où elle travaille pendant trente ans comme correspondante du journal suédois Svenska Dagbladet. Dans son grand âge, elle retourne à Stockholm, où elle meurt en 2012.

L'histoire de la civilisation regorge d'artistes masculins qui ont placé leur propre bonheur avant celui de leurs enfants. Ce serait simpliste de faire d'Elisabeth

Langgässer une grande criminelle simplement parce que, dans ce cas précis, il s'agit d'une femme qui s'est comportée de façon égocentrique et narcissique envers son propre enfant. *Enfant brûlée cherche le feu* ne serait pas une œuvre d'une telle importance s'il ne s'agissait que de la confrontation avec une écrivaine presque oubliée aujourd'hui, dont le roman de « rédemption », *Märkische Argonautenfahrt*, n'inspire à sa fille que ces quelques mots : « il parlait du feu sans un mot sur la cendre. Comment aurait-il pu en être autrement ? Il avait été écrit par une vivante. »

Non, la grandeur de ce roman, qui n'en est pas un, réside justement dans le fait que rien n'y est « réécrit » et que son autrice rapporte en refusant sobrement un pathos creux, sans enjolivement, sans crainte et avec une clarté courageuse qui coupe sans cesse le souffle à la lecture, la façon dont les camps de la mort ont anéanti les gens sur le plan moral : les personnes soumises à une telle cruauté cessaient d'exister en tant qu'individus. Le fait que Cordelia Edvardson ait réussi à retrouver par la suite une individualité riche et la force de parler non seulement du feu, mais des cendres, autrement dit, de la grisaille glacée et du néant qui constituaient les camps, tel est l'exploit presque inimaginable de cette écrivaine et de son grand petit livre.

Daniel Kehlmann, juin 2023

Composition et mise en pages
Nord Compo à Villeneuve-d'Ascq

Impression par Dupliprint à Domont (95)
Dépôt légal : octobre 2025
N° d'édition : xxxx – N° d'impression : 2025061011
Imprimé en France